# LES LUMIÈRES DE SEPTEMBRE

DU MÊME AUTEUR
*CHEZ POCKET*

**LE CIMETIÈRE DES LIVRES OUBLIÉS**

L'OMBRE DU VENT
LE JEU DE L'ANGE
LE PRISONNIER DU CIEL

**CYCLE DE LA BRUME**

LE PRINCE DE LA BRUME
LE PALAIS DE MINUIT
LES LUMIÈRES DE SEPTEMBRE

MARINA

CARLOS RUIZ ZAFÓN

# LES LUMIÈRES DE SEPTEMBRE

*Traduit de l'espagnol par François Maspero*

ROBERT LAFFONT

Titre original :
*LAS LUCES DE SEPTIEMBRE*

MIXTE
Papier issu de sources responsables
FSC® C003309

Pocket, une marque d'Univers Poche, est un éditeur qui s'engage pour la préservation de son environnement et qui utilise du papier fabriqué à partir de bois provenant de forêts gérées de manière responsable.


ISBN : 978-2-266-21257-1

# Note de l'auteur

Ami lecteur,

*Les Lumières de septembre* est mon troisième roman, et il a été publié en Espagne, en 1996. Les lecteurs familiers de mes dernières œuvres, comme *L'Ombre du vent* et *Le Jeu de l'ange*, ne savent peut-être pas que mes quatre premiers romans ont été publiés sous forme de « livres pour la jeunesse ». Bien qu'ils aient surtout visé un jeune public, mon souhait était qu'ils puissent plaire à des lecteurs de tous âges. Avec ces livres, j'ai tenté d'écrire le genre de romans que j'aurais aimé lire quand j'étais adolescent, mais qui continueraient encore à m'intéresser à l'âge de vingt-trois, quarante ou même quatre-vingt-trois ans.

Pendant des années, les droits de ces livres sont restés « piégés » dans des querelles juridiques, mais aujourd'hui enfin des lecteurs du monde entier peuvent en profiter. Depuis leur première publication, j'ai eu la chance de voir ces œuvres de mes débuts bien accueillies par un public de jeunes lecteurs et aussi de moins jeunes. J'aime croire que ces contes sont faits pour tous les âges, et j'espère que des lecteurs de mes romans pour adultes auront envie d'explorer ces histoires de magie, de mystères et d'aventures. Et, pour terminer, je souhaite à tous mes nouveaux lecteurs de prendre autant de plaisir à ces romans que lorsqu'ils ont commencé à s'aventurer dans le monde des livres.

Bon voyage.

Carlos Ruiz Zafón
Février 2010

*Chère Irène,*

*Les lumières de septembre m'ont habitué à me souvenir de l'empreinte de tes pas disparaissant avec la marée. Je savais déjà, alors, que l'hiver ne tarderait pas à effacer le mirage du dernier été que nous avons vécu ensemble au bord de la Baie bleue. Tu serais surprise de voir combien rien n'a pratiquement changé depuis lors. Le phare se dresse toujours en sentinelle dans les brouillards, et la route longeant la plage de l'Anglais est à peine plus qu'un sentier qui serpente dans le sable sans mener nulle part.*

*Les ruines de Cravenmoore se dessinent au-dessus des arbres, silencieuses et enveloppées dans un manteau d'obscurité. Dans les occasions de moins en moins fréquentes où je m'aventure sur le voilier dans la baie, je peux voir les vitres brisées des fenêtres de l'aile ouest briller comme des signaux fantasmagoriques dans la brume. Parfois, envoûté par le souvenir de ces jours où nous traversions la baie pour rentrer au port à la tombée de la nuit, il me semble que les lumières scintillent dans l'obscurité. Mais je sais qu'il n'y a plus personne là-bas. Personne.*

*Tu te demandes peut-être ce qu'est devenue la Maison du Cap. Eh bien, elle est toujours là, solitaire, affrontant du haut de la falaise l'océan infini. L'hiver dernier, une tempête a emporté ce qui restait du petit embarcadère de la plage. Un riche bijoutier venu d'une ville anonyme a été tenté de l'acheter pour une bouchée de pain, mais les vents de ponant et les coups de bélier des vagues contre les falaises ont eu vite fait de le dissuader. Le sel s'est incrusté dans la blancheur du bois. Le sentier secret qui menait à la lagune est aujourd'hui une jungle impénétrable d'arbustes sauvages et de branches mortes.*

*Certaines fins d'après-midi, quand le travail au port me le permet, je prends ma bicyclette et vais jusqu'au cap admirer le crépuscule depuis le porche suspendu au-dessus des falaises : je suis seul en compagnie d'une bande de mouettes qui se sont attribué le statut de nouveaux locataires sans passer par l'étude d'un notaire. De là, on peut voir la lune se lever à l'horizon et dessiner une guirlande d'argent du côté de la grotte des Chauves-Souris.*

*Je me rappelle t'avoir parlé un jour de la fabuleuse histoire d'un sinistre pirate dont le navire avait été englouti par cette grotte, une nuit de 1746. Je t'ai menti. Aucun contrebandier ou boucanier féroce ne s'est jamais aventuré dans ces ténèbres. Pour ma défense, je peux te dire que c'est le seul mensonge que tu as entendu de ma bouche. D'ailleurs, tu l'as probablement su depuis le début.*

*Ce matin, pendant que je démêlais les mailles d'un filet pris dans les récifs, ça m'est arrivé encore une fois. Pendant une seconde, j'ai cru t'apercevoir sous le porche de la Maison du Cap, en train de regarder silencieusement l'horizon, comme tu aimais le faire. Lorsque les mouettes se sont envolées, j'ai compris qu'il n'y avait personne. Au loin, chevauchant les brumes, se dressait Le Mont-Saint-Michel comme une île fugitive déposée par la marée.*

*Parfois, je pense que tout le monde est parti très loin de la Baie bleue et que je reste seul, pris au piège du temps, attendant en vain que la marée pourpre de septembre me ramène autre chose que des souvenirs. Ne te fais pas trop de souci pour moi. La mer est coutumière de ces choses : avec le temps, elle ramène tout, particulièrement les souvenirs.*

*Je crois que, si j'en fais le compte, ce sont déjà cent lettres que je t'ai expédiées à ta dernière adresse parisienne que j'ai pu obtenir. Je me demande parfois si tu en as reçu quelques-unes, si tu te souviens encore de moi et de ce petit matin sur la plage de l'Anglais. C'est possible, comme il est possible que la vie t'ait emportée loin d'ici, loin de tous les souvenirs de la guerre.*

*Rappelle-toi comme la vie était beaucoup plus simple, alors. Mais qu'est-ce que je dis ? Bien sûr que non. Je commence à croire que je suis bien le seul, pauvre idiot, à revivre encore, une à une, toutes ces journées de 1937, quand tu étais ici, près de moi.*

## 1

# Le ciel au-dessus de Paris

*Paris, 1936*

Ceux qui se souviennent de la nuit où est mort Armand Sauvelle jurent qu'un éclair pourpre a traversé la voûte du ciel, traçant une traînée de cendres embrasées qui s'est perdue à l'horizon ; un éclair que sa fille Irène n'a pas pu voir, mais qui par la suite a hanté ses rêves des années durant.

C'était par un petit matin d'hiver, et les vitres de la salle numéro quatorze de l'hôpital Saint-Georges étaient voilées d'une fine pellicule de givre qui dessinait des aquarelles fantomatiques de la ville dans les ténèbres dorées de l'aube.

La flamme d'Armand Sauvelle s'éteignit silencieusement, à peine le temps d'un soupir. Sa femme Simone et sa fille Irène levèrent les yeux lorsque les premières lueurs qui passaient la frontière de la nuit tracèrent des flèches de lumière à travers la salle. Dorian, son jeune fils, dormait sur une chaise. Un silence chargé d'émotion envahit les lieux. Il n'était nul besoin de paroles pour comprendre ce qui venait de se passer. Après six mois de souffrances, le spectre noir d'une maladie dont il n'avait jamais été capable de prononcer le nom avait pris la vie d'Armand Sauvelle. C'était tout.

Ce fut le début de la pire année dont devait se souvenir la famille Sauvelle.

Armand Sauvelle emporta dans la tombe sa magie et son rire contagieux, mais ses nombreuses dettes ne le suivirent pas dans son dernier voyage. Très vite, une cohorte de créanciers et toutes sortes de charognards portant redingote et titres ronflants s'abattirent sur l'appartement des Sauvelle, boulevard Haussmann. Aux froides visites de courtoisie d'usage succédèrent les menaces voilées. Et, avec le temps, les saisies.

Collèges renommés et vêtements de bons faiseurs cédèrent la place à des emplois à temps partiel et à des mises plus modestes pour Irène et Dorian. C'était le début de la descente vertigineuse de la famille Sauvelle vers le monde réel. La pire part du voyage, cependant, échut à Simone. Reprendre son métier d'institutrice ne suffisait pas pour faire front au torrent de dettes qui dévorait le peu qu'elle gagnait. À tout moment apparaissait un nouveau papier signé d'Armand, une nouvelle dette impayée, un nouveau trou noir sans fond...

C'est à cette époque que le petit Dorian se mit à soupçonner que la moitié de la population de Paris était composée d'avocats et de comptables, une race particulière de rats qui vivaient à la surface. C'est également à cette époque qu'Irène, sans que sa mère en eût connaissance, accepta un emploi dans une salle de bal. Elle dansait avec des soldats, pauvres adolescents apeurés, pour quelques pièces de monnaie (pièces qu'elle glissait la nuit dans la boîte que Simone rangeait sous la glacière de la cuisine).

De la même manière, les Sauvelle découvrirent que la liste de ceux qui se déclaraient leurs amis et bienfaiteurs se raréfiait comme gelée blanche au lever du soleil. Néanmoins, l'été venu, Henri Leconte, un vieil ami d'Armand Sauvelle, proposa à la famille de s'installer dans un petit appartement situé au-dessus du magasin d'articles de dessin qu'il tenait à Montparnasse. Il remettait le règlement du loyer à des jours meilleurs en échange de l'aide de Dorian comme garçon de courses, car ses genoux n'étaient plus ce qu'ils étaient dans sa jeunesse. Simone ne trouva jamais les mots pour remercier le vieux M. Leconte de sa bonté. Le commerçant ne les lui demanda pas. Dans un monde de rats, ils avaient rencontré un ange.

Quand les premiers jours de l'hiver apparurent, Irène eut quatorze ans, mais ceux-ci pesèrent sur elle comme si elle en avait eu vingt-quatre. Dérogeant à la règle, elle employa les quelques sous gagnés au bal à acheter un gâteau afin de fêter son anniversaire avec Simone et Dorian. L'absence d'Armand planait sur eux comme une ombre oppressante. Ensemble, ils soufflèrent les bougies du gâteau dans l'étroit salon de l'appartement de Montparnasse, en priant pour que le spectre de la malchance qui les poursuivait depuis des mois s'éteigne en même temps que les petites flammes. Pour une fois, leur souhait ne resta pas vain. Ils ne le savaient pas encore, mais cette année noire touchait à sa fin.

Quelques semaines plus tard, une lueur d'espoir se manifesta inopinément à l'horizon de la famille Sauvelle. Grâce aux bons offices de M. Leconte et à son réseau de relations, il fut question d'un emploi pour la mère dans un village au bord de la mer, La Baie bleue, loin des ténèbres grisâtres de Paris, loin des tristes souvenirs des derniers jours d'Armand Sauvelle. Apparemment, un riche inventeur et marchand de jouets du nom de Lazarus Jann avait besoin d'une femme de charge pour s'occuper de sa luxueuse résidence du bois de Cravenmoore.

L'inventeur vivait dans son immense demeure, contiguë à l'ancienne fabrique de jouets aujourd'hui fermée, en la seule compagnie de son épouse Alexandra, gravement malade et ne sortant plus de sa chambre depuis presque vingt ans. Le salaire était généreux ; en outre, Lazarus leur offrait de s'installer dans la Maison du Cap, une modeste villa dominant les falaises, de l'autre côté du bois de Cravenmoore.

À la mi-juin de 1937, M. Leconte fit ses adieux à la famille Sauvelle sur le quai numéro six de la gare Saint-Lazare. Simone et ses deux enfants montèrent dans le train qui devait les mener sur la côte normande.

Pendant que le vieux M. Leconte regardait le train s'éloigner, il sourit et, durant un instant, il eut le pressentiment que l'histoire des Sauvelle, leur véritable histoire, ne faisait que commencer.

# 2

# Géographie et anatomie

Dès leur arrivée à la Maison du Cap, Irène et sa mère tentèrent de mettre un peu d'ordre dans ce qui devait être leur nouveau foyer. Dorian, de son côté, découvrit pendant ce temps sa nouvelle passion : la géographie ou, plus concrètement, l'art de dessiner des cartes. Muni de crayons et d'un cahier dont Henri Leconte lui avait fait cadeau à leur départ, le jeune fils de Simone Sauvelle se retira dans un petit sanctuaire au milieu des falaises, un balcon privilégié d'où l'on jouissait d'un panorama spectaculaire.

Le village et son port de pêche occupaient le centre de la grande baie. Vers l'est s'étendait à l'infini une plage de sable blanc, un fascinant désert face à l'océan connu sous le nom de plage de l'Anglais. De l'autre côté, la pointe du cap s'avançait telle une griffe effilée. La nouvelle demeure des Sauvelle était construite à son extrémité, qui séparait la Baie bleue du large golfe que les habitants appelaient la Baie noire, à cause de la couleur et de la profondeur de ses eaux.

Vers le large, dans le brouillard de chaleur, Dorian apercevait l'îlot du phare, à un demi-mille de la côte.

La tour du phare se dressait, sombre et mystérieuse, se fondant dans les brumes. S'il reportait son regard sur la terre, Dorian pouvait voir sa sœur et sa mère devant le porche de la Maison du Cap.

Leur nouveau séjour était une construction en bois d'un étage, peinte en blanc, plantée au-dessus des falaises : une terrasse suspendue sur le vide. Derrière la maison s'élevait une épaisse futaie et, dépassant la cime des arbres, on distinguait la majestueuse résidence de Lazarus Jann, Cravenmoore.

Cravenmoore ressemblait à un château fort, à une invention inspirée des cathédrales, le produit d'une imagination extravagante et torturée. Un labyrinthe d'arcs, d'arcs-boutants, de tours et de coupoles couronnait sa toiture. La construction reposait sur une base en forme de croix d'où s'élevaient plusieurs ailes. Dorian observa attentivement la résidence de Lazarus Jann. Une armée de gargouilles et d'anges sculptés dans la pierre montait la garde en haut de la façade telle une bande de spectres pétrifiés attendant la nuit. Pendant qu'il fermait son cahier et s'apprêtait à revenir à la Maison du Cap, Dorian se demanda quel genre de personne pouvait choisir pareil lieu pour y vivre. Il allait vite le savoir : le soir même, ils étaient invités à dîner à Cravenmoore. Une politesse de leur nouveau bienfaiteur, Lazarus Jann.

La nouvelle chambre d'Irène était orientée au nord-ouest. De sa fenêtre, elle pouvait contempler l'îlot du phare et les taches de lumière que le soleil dessinait sur la mer comme des flaques d'agent en fusion. Après des mois d'enfermement dans le minuscule appartement de Paris, une chambre pour elle seule lui paraissait d'un luxe presque agressif. La possibilité de fermer la porte et de jouir d'un espace intime était enivrante.

Tandis qu'elle regardait le soleil couchant teindre la mer de cuivre, Irène songea à la manière dont elle allait s'habiller pour ce premier dîner avec Lazarus Jann. Elle n'avait conservé qu'une toute petite part de ce qui avait constitué jadis une vaste garde-robe. Devant l'idée d'être reçue dans la grande demeure de Cravenmoore, toutes ses robes lui apparaissaient comme des loques humiliantes. Après avoir essayé les deux tenues qui pouvaient réunir les conditions requises, Irène découvrit l'existence d'un nouveau problème qu'elle n'avait pas prévu.

Depuis qu'elle n'avait plus treize ans, son corps s'employait à prendre du volume à certains endroits et à en perdre à d'autres. Maintenant, au bord de ses quinze ans, elle s'aperçut, en s'examinant dans le miroir, que les caprices de la nature se manifestaient avec encore plus d'évidence. Son nouveau profil curviligne ne s'adaptait pas à la coupe sévère de sa vieille garde-robe.

Une traînée de reflets écarlates se répandait sur la Baie bleue quand, peu avant la tombée de la nuit, Simone Sauvelle frappa doucement à la porte.

— Entre.

Sa mère referma derrière elle et se livra à une rapide radiographie de la situation. Toutes les robes d'Irène étaient étalées sur le lit. Sa fille, vêtue d'une simple combinaison blanche, contemplait depuis sa fenêtre les feux de deux bateaux dans la Manche. Simone observa le corps svelte d'Irène et sourit intérieurement.

— Le temps passe et nous ne nous en apercevons pas, hein ?

— Je ne peux plus entrer dans aucune. Je suis désolée. J'ai pourtant essayé.

Simone s'approcha de la fenêtre et s'agenouilla près de sa fille. Les lumières du village au milieu de la baie dessinaient des taches claires sur les eaux. Pendant un instant, toutes deux regardèrent le spectacle émouvant du crépuscule sur la Baie bleue. Simone caressa le visage de sa fille et sourit.

— Je crois que cet endroit va nous plaire. Qu'en penses-tu ?

— Et nous ? Est-ce que tu crois que nous lui plairons ?

— À qui ? À Lazarus ?

Irène confirma.

— Nous sommes une famille charmante. Il nous adorera, répondit Simone.

— Tu en es sûre ?

— Ça vaudrait mieux, mademoiselle.

Irène montra ses robes.

— Mets une des miennes, dit Simone, toujours souriante. Je crois qu'elles t'iront mieux qu'à moi.

Irène rougit légèrement.

— N'exagère pas, lança-t-elle à sa mère avec un soupçon de reproche.

Le regard que Dorian adressa à sa sœur quand il la vit apparaître au bas de l'escalier dans une robe de Simone aurait gagné le premier prix dans un concours. Irène le fusilla de ses yeux verts et, levant un doigt menaçant, lui signifia cet avertissement voilé :

— Pas un mot !

Dorian, muet, acquiesça, incapable de détacher ses yeux de cette inconnue qui parlait avec la même voix que sa sœur Irène et avait le même visage. Simone vit sa réaction et réprima un sourire. Puis, avec un sérieux non exempt de solennité, elle s'agenouilla devant lui pour arranger sa cravate brune, héritage de son père.

— Tu vis entouré de femmes, mon fils. Il faudra t'y habituer.

Dorian acquiesça de nouveau, entre résignation et étonnement. Quand la pendule au mur annonça huit heures, ils étaient tous prêts et vêtus de leurs plus beaux atours. Et, pour le reste, morts de peur.

Une légère brise soufflait de la mer et agitait les feuilles du bois qui entourait Cravenmoore. Leur froissement invisible accompagnait l'écho des pas de Simone et de ses enfants sur le sentier qui traversait la végétation comme une véritable galerie taillée dans une jungle obscure et insondable. La pâle clarté de la lune devait lutter pour percer ce suaire d'ombres qui couvrait le bois. Les voix invisibles des oiseaux qui nichaient dans les frondaisons de ces géants centenaires formaient une inquiétante litanie.

— Cet endroit me donne des frissons, affirma Irène.

— Bêtises, s'empressa de rétorquer sa mère. C'est un bois, rien de plus. Marchons.

De sa position d'arrière-garde, Dorian scrutait en silence les ombres du sous-bois. L'obscurité créait des formes sinistres et catapultait dans son imagination les contours de douzaines de créatures diaboliques à l'affût.

— À la lumière du jour, il n'y a là que des taillis et des arbres, tempéra Simone Sauvelle, brisant l'envoûtement passager auquel Dorian se laissait aller.

Quelques minutes plus tard, après un trajet nocturne qu'Irène trouva interminable, la silhouette imposante et anguleuse de Cravenmoore se dressa devant eux, tel un château de légende qui émergeait de la brume. Des éclats de lumière dorée scintillaient à travers les grandes fenêtres de l'immense résidence de Lazarus Jann. Une forêt de gargouilles se découpait contre le ciel. Plus loin, on distinguait la fabrique de jouets, une annexe de la demeure.

Une fois dépassée la lisière, Simone et ses enfants s'arrêtèrent pour admirer la taille impressionnante de la résidence du fabricant de jouets. À ce moment, un oiseau ressemblant à un corbeau sortit des buissons en voletant et décrivit une curieuse trajectoire au-dessus du jardin. Il tourna autour d'une des fontaines de pierre et alla se poser aux pieds de Dorian. Cessant de battre des ailes, le corbeau se coucha sur le flanc et se laissa aller à un lent balancement avant de demeurer inerte. Le garçon s'agenouilla et tendit lentement la main droite vers l'animal.

— Prends garde ! l'avertit Irène.

Ignorant le conseil, Dorian caressa le plumage de l'oiseau qui ne donnait pas signe de vie. Il le prit dans ses mains et déplia ses ailes. Une expression de perplexité assombrit son visage. Quelques secondes plus tard, il se tourna vers Irène et Simone.

— Il est en bois, murmura-t-il. C'est une mécanique.

Ils échangèrent tous trois un coup d'œil silencieux. Simone soupira et rappela à ses enfants :

— Nous devons faire bonne impression. D'accord ?

Ils acquiescèrent. Dorian reposa l'oiseau de bois au sol. Simone eut un faible sourire et, à son signal, ils gravirent des marches de marbre blanc qui serpentaient vers un grand portail en bronze derrière lequel se dissimulait le monde secret de Lazarus Jann.

Les portes de Cravenmoore s'ouvrirent devant eux sans qu'il soit besoin d'utiliser l'étrange bouton de bronze de la sonnette en forme d'angelot. Un intense halo de lumière dorée émanait de l'intérieur de la maison. Une silhouette immobile se découpait dans le cône de clarté. Elle s'anima subitement, tourna la tête avec un léger cliquetis mécanique. Le visage apparut à la lumière. Des yeux sans vie, simples globes de verre encastrés dans un masque sans autre expression qu'un sourire glacé, les dévisageaient.

Dorian avala sa salive. Irène et sa mère, plus impressionnables, firent un pas en arrière. Le mannequin tendit une main vers elles et redevint immobile.

— J'espère que Christian ne vous a pas effrayés. C'est une création ancienne et grossière.

Les Sauvelle se tournèrent vers la voix qui leur parlait depuis le bas des marches. Un visage aimable, allant de pair avec une maturité de bon aloi, leur souriait, non sans une certaine malice. Les yeux de l'homme étaient bleus et brillants sous une masse épaisse de cheveux argentés soigneusement peignés. L'homme, sobrement vêtu, une canne d'ébène polychrome à la main, s'approcha d'eux et leur adressa une révérence respectueuse.

— Mon nom est Lazarus Jann, et je crois que je vous dois des excuses.

Sa voix était chaude, rassurante, une de ces voix dotées d'un pouvoir apaisant et d'une étrange sérénité.

Ses grands yeux bleus observèrent attentivement chacun des membres de la famille pour se poser en dernier sur le visage de Simone.

— Je faisais mon habituelle promenade nocturne dans le bois et je me suis attardé. Madame Sauvelle, si je ne me trompe pas ?

— C'est un plaisir, monsieur.

— Je vous en prie. Appelez-moi Lazarus.

Simone acquiesça.

— Voici ma fille Irène. Et Dorian, le benjamin de la famille.

Lazarus Jann serra les mains des deux enfants avec beaucoup de sérieux. Son contact était ferme et agréable ; son sourire, contagieux.

— Bien. En ce qui concerne Christian, vous n'avez absolument rien à craindre. Je le garde comme un souvenir de ma première époque. Je sais : il est rudimentaire et son aspect manque d'aménité.

— C'est une machine ? s'empressa de demander Dorian, fasciné.

Le geste réprobateur de Simone arriva trop tard. Lazarus sourit au garçon.

— On pourrait présenter les choses ainsi. Techniquement, Christian est ce que nous appelons un automate.

— C'est vous qui l'avez construit, monsieur ?

— Dorian ! protesta sa mère.

Lazarus sourit de nouveau. De toute évidence, la curiosité du garçon ne le gênait nullement.

— Oui. Lui et beaucoup d'autres. C'est, ou plutôt c'était, mon travail. Mais je crois que le dîner nous attend. Que penseriez-vous de bavarder de tout cela autour d'un bon plat et de faire ainsi plus ample connaissance ?

L'odeur d'un délicieux rôti leur parvint comme un élixir enchanté. Il aurait fallu être une pierre, et encore, pour ne pas lire dans leurs pensées.

Ni la réception surprenante de l'automate ni l'aspect impressionnant de l'extérieur de Cravenmoore ne laissaient présager le choc que l'intérieur de la demeure de Lazarus Jann causa aux Sauvelle. Dès qu'ils en eurent franchi le seuil, ils se virent plongés dans un monde fantastique qui allait bien au-delà de ce que leurs trois imaginations réunies étaient capables de concevoir.

Un somptueux escalier montait en spirale vers l'infini. Levant les yeux, les Sauvelle en suivirent la fuite, qui conduisait à la tour centrale de Cravenmoore. Celle-ci était couronnée d'une lanterne magique qui répandait dans l'atmosphère intérieure de la maison une lumière spectrale et évanescente. Sous ce manteau de clarté fantomatique, on découvrait une interminable galerie de créatures mécaniques. Une grande horloge murale, dotée d'yeux et d'une expression burlesque, souriait aux visiteurs. Une danseuse nimbée d'un voile transparent pivotait sur elle-même au centre d'une salle ovale, où chaque objet, chaque détail faisaient partie de la faune créée par Lazarus Jann.

Les poignées des portes étaient des visages réjouis qui clignaient de l'œil quand on les tournait. Un grand hibou au plumage magnifique dilatait ses pupilles de verre et battait lentement des ailes dans la pénombre. Des dizaines, voire des centaines de miniatures et de jouets occupaient une telle étendue de murs et de vitrines qu'il aurait fallu une vie entière pour les visiter. Un chiot mécanique d'humeur folâtre agitait la queue et aboyait au passage d'une petite souris de métal. Suspendu au plafond invisible, un carrousel de fées, de dragons et d'étoiles dansait dans le vide, autour d'un château qui flottait dans des nuages de coton au son des notes lointaines d'une boîte à musique…

Partout, les Sauvelle découvraient de nouveaux prodiges, de nouvelles inventions impossibles qui dépassaient tout ce qu'ils avaient jamais pu voir. Sous le regard amusé de Lazarus, ils restèrent ainsi, figés dans cet état d'enchantement total, pendant plusieurs minutes.

— C'est… c'est merveilleux ! s'exclama Irène, incapable de croire ce que lui transmettaient ses yeux.

— Bah, ce n'est que le hall d'entrée. Mais je suis heureux que cela vous plaise, approuva Lazarus en les guidant vers la salle à manger de Cravenmoore.

Dorian, privé de parole, contemplait tout avec des yeux grands comme des soucoupes. Simone et Irène, non moins impressionnées, faisaient leur possible pour ne pas tomber dans l'état de fascination hypnotique que la maison produisait sur elles.

La salle où le dîner était servi était à la hauteur de ce qu'annonçait le hall. Des verres aux couverts, aux assiettes ou aux luxueux tapis qui recouvraient le sol, tout portait le sceau de Lazarus Jann. Pas un seul objet de cette maison ne semblait appartenir au monde réel, normal, gris et insipide qu'ils avaient laissé derrière eux. Néanmoins, Irène ne manqua pas de remarquer l'immense portrait fixé au-dessus de la cheminée, dont les flammes jaillissaient de la gueule de plusieurs dragons. Une femme d'une beauté éblouissante, en robe blanche. La force de son regard effaçait la frontière entre la réalité et le pinceau de l'artiste. Pendant quelques secondes, Irène se perdit dans ce regard magique et troublant.

— Ma femme, Alexandra... À l'époque où elle était encore en bonne santé. Des jours merveilleux, prononça derrière elle la voix de Lazarus, empreinte d'un halo de mélancolie et de résignation.

Le dîner se déroula agréablement à la lueur des chandelles. Lazarus Jann se révéla un hôte remarquable qui sut très vite gagner la sympathie de Dorian et d'Irène avec des plaisanteries et des récits surprenants. Au cours de la soirée, il leur expliqua que les plats succulents qu'ils dégustaient étaient l'œuvre d'Hannah, une jeune fille de l'âge d'Irène qui faisait à la fois office de cuisinière et de femme de ménage. En quelques minutes, la tension du début disparut, et tous participèrent à la conversation décontractée que le fabricant de jouets menait avec une habileté imperceptible.

Au moment de déguster le plat de résistance, une dinde rôtie, spécialité d'Hannah, les Sauvelle se sentaient déjà en présence d'une vieille connaissance. Rassurée, Simone constata qu'il s'était établi entre ses enfants et Lazarus un courant de sympathie mutuelle et qu'elle-même n'était pas indifférente à son charme.

Multipliant les anecdotes, Lazarus leur fournit des explications concernant la maison et les obligations de leur nouvel emploi. Le vendredi était la soirée libre d'Hannah, qu'elle passait dans sa modeste famille à La Baie bleue. Mais il les informa qu'ils auraient l'occasion de faire sa connaissance dès qu'elle aurait repris son travail. Hannah était la seule personne, à part Lazarus lui-même et sa femme, qui habitait Cravenmoore. Elle les aiderait à s'habituer aux lieux et lèverait toutes leurs hésitations concernant la bonne marche de la maison.

Au dessert, une irrésistible tarte aux framboises, Lazarus leur expliqua ce qu'il attendait d'eux. Bien qu'à la retraite, il lui arrivait encore de travailler dans son atelier de jouets, situé dans une aile adjacente. La fabrique et les étages leur étaient interdits. Ils ne devaient y entrer sous aucun prétexte. Surtout l'aile ouest, qui abritait les appartements de son épouse.

Alexandra Jann souffrait depuis plus de vingt ans d'une maladie étrange et incurable qui l'obligeait à garder le repos absolu au lit. Elle vivait confinée dans sa chambre du deuxième étage de l'aile ouest, où seul son mari entrait pour s'occuper d'elle et lui prodiguer les soins requis par son état. Le fabricant de jouets leur raconta comment son épouse, qui était alors une jeune femme pleine de vie et d'une grande beauté, avait contracté cette mystérieuse maladie au cours d'un voyage en Europe centrale.

Le virus, apparemment incurable, avait peu à peu pris possession de son corps. Bientôt, elle était devenue incapable de marcher et de tenir un objet entre ses mains. Au bout de six mois, son état avait empiré au point de faire d'elle une invalide, triste reflet de la personne qu'il avait épousée quelques années plus tôt. Dès lors, elle avait cessé de parler et son regard n'était plus qu'un abîme sans fond. Alexandra Jann avait alors vingt-six ans. Depuis, elle n'était plus jamais sortie de Cravenmoore.

Les Sauvelle écoutèrent le triste récit de Lazarus Jann dans un silence respectueux. Le fabricant, manifestement affecté par des dizaines d'années de solitude et de douleur, voulut faire diversion en ramenant la conversation sur la délicieuse tarte d'Hannah. Néanmoins, l'amertume qui pointait dans ses propos ne passa pas inaperçue d'Irène.

Elle n'avait pas de mal à imaginer la fuite dans le néant de Lazarus Jann. Privé de celle qu'il aimait, Lazarus s'était réfugié dans son monde imaginaire et avait créé des centaines d'êtres et d'objets pour combler la profonde solitude qui l'accablait. Chaque habitant de cet univers de merveilles, chaque création, était une larme versée en silence.

Le repas terminé, Simone Sauvelle avait une idée très claire de ses obligations et de ses responsabilités dans la maison. Ses fonctions étaient celles d'une femme de charge, un travail qui n'avait pas grand-chose à voir avec son précédent poste d'institutrice, mais qu'elle était disposée à remplir du mieux qu'elle pourrait afin d'assurer le bien-être et l'avenir de ses enfants. Elle superviserait les tâches d'Hannah et des domestiques occasionnels, elle s'occuperait de l'administration et de la bonne marche de la propriété de Lazarus Jann, des relations avec les fournisseurs, de la correspondance, des provisions, et ferait en sorte que rien ni personne ne vienne déranger le fabricant dans son désir de rester à l'écart du monde extérieur. Son travail consistait également à se procurer des livres pour la bibliothèque. À ce sujet, son patron fit clairement allusion au fait que c'était son passé d'éducatrice qui l'avait décidé à la choisir parmi d'autres candidates plus qualifiées pour tenir une maison. Il précisa que cette tâche était l'une des plus importantes de son service.

En échange, Simone et ses enfants occupaient la Maison du Cap et jouissaient d'un salaire plus que satisfaisant. Lazarus se chargerait des frais de scolarité d'Irène et de Dorian pour la prochaine année, après l'été. Il s'engageait également à payer leurs études universitaires s'ils faisaient preuve des aptitudes et de la volonté suffisantes. Irène et Dorian, de leur côté, pouvaient collaborer avec leur mère aux tâches qu'elle leur assignerait dans la maison, toujours à la condition de ne jamais déroger à la règle d'or : ne pas outrepasser les limites spécifiées par son propriétaire.

Comparée aux mois précédents de dettes et de misère, la proposition de Lazarus apparut à Simone Sauvelle comme un don du ciel. La Baie bleue était un cadre paradisiaque pour commencer une nouvelle vie avec ses enfants. L'emploi était plus que tentant, et Lazarus donnait à tout point de vue l'impression d'être un patron généreux et bon. Il fallait bien que, tôt ou tard, la chance finisse par leur sourire. Le destin avait voulu que ce soit dans ce lieu écarté, et pour la première fois depuis longtemps Simone était prête à accepter ses desseins avec reconnaissance. Mieux, si son instinct ne la trompait pas – et il la trompait rarement –, elle devinait un sincère courant de sympathie envers elle et sa famille. Elle n'avait pas besoin de faire un effort pour supposer que leur compagnie et leur présence à Cravenmoore pouvaient être un baume susceptible de pallier l'immense solitude qui entourait son propriétaire.

Le dîner se prolongea par une tasse de café et la

promesse de Lazarus d'initier Dorian, définitivement captivé, aux mystères de la construction d'automates. Les traits du garçon s'illuminèrent d'un éclat passionné à cette annonce, et, un bref instant, les regards de Simone et de Lazarus se rencontrèrent dans la lumière des chandelles. Simone y reconnut les traces d'années de solitude, une ombre qui lui était familière. Des bateaux à la dérive qui se croisaient dans la nuit. Le fabricant de jouets ferma à demi les paupières et se leva en silence, donnant le signal de la fin de la soirée.

Après quoi, il les reconduisit jusqu'à la porte principale, en s'arrêtant brièvement pour expliquer quelques-unes des manifestations qui se trouvaient sur leur chemin. Dorian et Irène écoutaient bouche bée tous les détails qu'il leur révélait. Cravenmoore hébergeait assez de prodiges pour alimenter cent années d'émerveillement. Peu avant de traverser le hall qui menait à la porte, Lazarus fit halte devant ce qui semblait être un mécanisme compliqué de miroirs et de lentilles. Il lança à Dorian un coup d'œil énigmatique. Sans prononcer un mot, il introduisit le bras dans le couloir de miroirs. Lentement, le reflet de sa main s'effaça jusqu'à devenir invisible. Lazarus sourit.

— Tu ne dois pas croire tout ce que tu vois. L'image de la réalité que nous offrent nos yeux n'est qu'une illusion, un effet d'optique. La lumière est une grande menteuse. Donne-moi ta main.

Dorian suivit les instructions du fabricant de jouets et le laissa guider sa main dans le couloir de miroirs. L'image de sa main se désintégra sous ses yeux. Une interrogation muette sur les traits, il se tourna vers Lazarus.

— Tu connais les lois de l'optique et de la lumière ? demanda ce dernier.

Dorian fit non de la tête. À cet instant, il ne savait même plus où était sa main droite.

— La magie n'est qu'une extension de la physique. Aimes-tu les mathématiques ?

— Moyennement, à part la trigonométrie…

— Nous commencerons par là. L'illusion, ce sont des nombres, Dorian. Le truc est là.

Le garçon acquiesça, sans très bien saisir de quoi parlait Lazarus. Finalement, celui-ci fit un geste vers la porte et les accompagna jusqu'au seuil. C'est à ce moment que, presque par hasard, Dorian crut voir l'impossible. Alors qu'ils passaient devant les lanternes aux lumières vacillantes, les silhouettes projetées par leurs corps se dessinèrent sur les murs. Toutes, sauf une : celle de Lazarus, dont la trace sur le mur était invisible, comme si sa présence n'était qu'un mirage.

Quand il se retourna, Lazarus le scrutait avec attention. Le garçon avala sa salive. Le fabricant de jouets lui caressa affectueusement la joue d'un air moqueur.

— Ne crois pas tout ce que voient tes yeux…

Et Dorian suivit sa mère et sa sœur au-dehors.

— Merci pour tout et bonne nuit, conclut Simone.

— Tout le plaisir a été pour moi. Et ce n'est pas une simple formule de politesse, répliqua cordialement Lazarus.

Il leur sourit aimablement et leva la main en signe d'adieu.

Les Sauvelle s'enfoncèrent dans le bois peu avant minuit pour rentrer à la Maison du Cap.

Dorian, silencieux, restait encore sous le choc de la prodigieuse résidence de Lazarus Jann. Irène marchait perdue dans ses pensées. Quant à Simone, elle eut un soupir de satisfaction et remercia Dieu de leur avoir accordé une telle chance.

Juste avant que les contours de Cravenmoore ne disparaissent derrière eux, elle se retourna. Une seule fenêtre restait éclairée au deuxième étage de l'aile ouest. Une silhouette se tenait immobile entre les rideaux. À cet instant précis, la lumière s'éteignit et la grande fenêtre fut plongée dans l'obscurité.

De retour dans sa chambre, Irène ôta la robe que sa mère lui avait prêtée et la plia soigneusement sur une chaise. Elle entendait les voix de Simone et de Dorian dans la pièce voisine. La jeune fille éteignit la lumière et se coucha. Des ombres bleues dansaient sur le ciel sans nuages comme une chevauchée de spectres acrobates dans l'aurore boréale. Le chuchotement des vagues se brisant contre les falaises caressait le silence. Elle ferma les paupières et tenta en vain de trouver le sommeil.

Il était difficile de réaliser qu'elle ne reverrait plus leur vieil appartement de Paris et qu'elle ne retournerait plus à la salle de bal afin d'y gagner les quelques sous que les soldats portaient sur eux. Elle savait que les ombres de la grande ville ne pouvaient l'atteindre si loin, mais l'empreinte du souvenir ne connaît pas de frontières. Elle se releva et alla à la fenêtre.

Le phare se dressait dans les ténèbres. Elle concentra son attention sur l'îlot dans les brumes incandescentes. Un reflet fugace brilla, comme le clin d'œil d'un lointain miroir. Quelques secondes plus tard, l'éclat brilla de nouveau, pour s'évanouir définitivement. Irène fronça les sourcils et aperçut sa mère, en bas, sous le porche. Simone, vêtue d'un épais chandail, contemplait silencieusement l'océan. Sans avoir besoin de voir son visage dans l'obscurité, Irène devina qu'elle pleurait et que, comme elle, elle mettrait du temps à trouver le sommeil. En cette première nuit dans la Maison du Cap, après ce premier pas vers ce qui apparaissait comme un avenir heureux, l'absence d'Armand Sauvelle était plus douloureuse que jamais.

# 3

# La Baie bleue

De tous les matins de sa vie, aucun ne devait paraître à Irène aussi lumineux que celui de ce 22 juin 1937. L'océan resplendissait tel un manteau de diamants sous un ciel d'une transparence qu'elle n'eût jamais crue possible durant toutes les années où elle avait habité la ville. De sa fenêtre, l'îlot du phare était maintenant visible en toute clarté, de même que les petits rochers qui affleuraient au milieu de la baie comme la crête d'un dragon sous-marin. La file bien ordonnée des maisons du village en bord de mer, au-delà de la plage de l'Anglais, dessinait une aquarelle dansante dans la brume de chaleur qui montait du quai des pêcheurs. En fermant à demi les paupières, elle pouvait voir le paradis selon Claude Monet, le peintre préféré de son père.

Elle ouvrit grand la fenêtre et laissa la brise, imprégnée d'odeurs salines, inonder la chambre. La bande de mouettes qui nichaient dans les falaises revint l'observer avec une certaine curiosité. De nouveaux voisins. Pas très loin d'elles, Irène aperçut Dorian déjà installé dans son refuge favori au milieu des rochers, perdu dans ses songes, bayant aux corneilles… comme à son habitude pendant ses excursions solitaires.

Irène se concentrait déjà sur le choix de ce qu'elle allait mettre pour sortir et profiter de ce jour échappé d'un rêve, quand, du rez-de-chaussée, lui parvint une voix inconnue, comme un bourdonnement accéléré. Deux secondes d'écoute attentive révélèrent le timbre calme et posé de sa mère en train de converser, ou plutôt tentant de placer quelques monosyllabes dans les rares moments de répit que lui laissait son interlocutrice.

Tout en s'habillant, Irène essaya de deviner quel aspect pouvait avoir cette personne. Depuis toute petite, c'était une de ses distractions favorites. Écouter une voix les yeux fermés et imaginer à qui elle appartenait : déterminer sa taille, son poids, son visage, son caractère…

Cette fois, son instinct dessinait une femme jeune, pas très grande, nerveuse et vive, brune avec probablement des yeux noirs. Ayant ce portrait en tête, elle décida de descendre, avec deux objectifs : satisfaire son appétit matinal par un bon petit déjeuner et, le plus important, satisfaire sa curiosité quant à la propriétaire de cette voix.

Dès qu'elle eut posé les pieds dans la pièce du bas, elle constata qu'elle n'avait commis qu'une erreur : les cheveux de la fille étaient couleur paille. Le reste collait parfaitement. C'est ainsi qu'Irène fit la connaissance de la pittoresque et pétulante Hannah. Simplement en l'entendant.

Simone Sauvelle fit tout son possible afin que le petit déjeuner soit à la hauteur du dîner qu'Hannah leur avait préparé la veille pour leur rencontre avec Lazarus Jann. La jeune fille dévorait la nourriture encore plus vite qu'elle parlait. Le torrent d'anecdotes, de plaisanteries et d'histoires de toutes sortes à propos du village et de ses habitants qu'elle débitait à toute allure suffit pour qu'après quelques minutes passées en sa compagnie Irène et Simone aient l'impression de la connaître depuis toujours.

Entre deux tartines, Hannah leur résuma sa biographie en quelques rapides feuilletons. Elle aurait seize ans en novembre ; ses parents habitaient le village ; lui était pêcheur et elle boulangère ; avec eux vivait aussi son cousin Ismaël, qui avait perdu ses parents il y avait des années et qui aidait son oncle, c'est-à-dire le père d'Hannah, sur son bateau. Elle n'allait plus à l'école, parce que cette harpie de Jeanne Brau, la directrice du collège public, avait décidé qu'elle était trop empotée et pas assez intelligente. Néanmoins, Ismaël lui apprenait à lire et sa connaissance de la table de multiplication s'améliorait de semaine en semaine. Elle adorait la couleur jaune et collectionnait les coquillages qu'elle ramassait sur la plage de l'Anglais. Son passe-temps favori était d'écouter des séries radiophoniques et d'assister aux bals de l'été sur la grand-place, quand des orchestres itinérants passaient par le village. Elle ne mettait pas de parfum, mais elle aimait le rouge à lèvres…

Écouter Hannah était une expérience à mi-chemin de l'amusement et de l'épuisement. Après avoir expédié son petit déjeuner et tout ce qu'Irène avait laissé du sien, elle s'arrêta de discourir pendant quelques secondes. Le silence qui s'instaura dans la maison parut surnaturel. Bien entendu, il dura peu.

— Qu'est-ce que tu dirais de faire un tour avec moi pour que je te montre le village ? demanda-t-elle, prise d'un subit enthousiasme à l'idée de servir de guide à Irène pour une visite de La Baie bleue.

Irène et sa mère échangèrent un regard.

— Je serais ravie, répondit finalement la jeune fille.

Un sourire fendit le visage d'Hannah d'une oreille à l'autre.

— Ne vous inquiétez pas, madame Sauvelle. Je vous la rendrai saine et sauve.

C'est ainsi qu'Irène et sa nouvelle amie sortirent précipitamment en direction de la Plage bleue, tandis que le calme revenait lentement dans la Maison du Cap. Simone prit sa tasse de café et sortit sous le porche pour savourer la tranquillité de cette matinée. Depuis les falaises, Dorian la salua.

Elle lui rendit son salut. Curieux garçon. Toujours seul. Il ne semblait pas avoir envie de se faire des amis ; ou il ne savait pas comment s'y prendre. Il était toujours perdu dans son monde, dans ses cahiers, et seul le ciel savait quelles pensées occupaient son esprit. Terminant son café, Simone jeta un dernier regard sur Hannah et sa fille qui marchaient vers le village. Inlassable, Hannah continuait son bavardage. Certains parlaient trop, d'autres pas assez.

L'initiation de la famille Sauvelle aux mystères et aux subtilités de la vie d'un village côtier occupa la plus grande partie de ce premier mois de juillet à La Baie bleue. La première phase, celle du choc culturel et de la confusion, dura une longue semaine. Au cours de ces journées, la famille découvrit que, mis à part l'emploi du système décimal, les usages, les normes et les particularités de La Baie bleue n'avaient rien à voir avec ceux de Paris. Il y avait d'abord la question de l'heure. À Paris, on pouvait affirmer sans crainte d'être contredit qu'il y avait autant de pendules et de montres que d'habitants, engins tyranniques qui organisaient la vie sur le mode militaire. À La Baie bleue, en revanche, il n'y avait pas d'autre heure que celle du soleil. Pas d'autres voitures que celles du docteur Giraud, de la gendarmerie et de Lazarus Jann. Pas d'autres… Les contrastes se succédaient à l'infini. Et, fondamentalement, les différences n'étaient pas dans les chiffres mais dans les habitudes.

Paris était une ville d'inconnus, un endroit où il était possible de séjourner des années sans connaître le nom de la personne qui vivait de l'autre côté du palier. Mais, à La Baie bleue, il était impossible d'éternuer ou de se gratter le bout du nez sans que cet événement soit connu et répercuté dans toute la commune. C'était un village où un rhume constituait une nouvelle, et où les nouvelles étaient plus contagieuses que les rhumes. Il n'y avait pas de journal local, et personne n'en avait besoin.

Hannah se donna pour mission de les instruire sur la vie, l'histoire et les miracles de la commune. La vitesse vertigineuse à laquelle la jeune fille débitait les mots aurait permis d'accumuler en quelques séances suffisamment d'informations et d'anecdotes pour rédiger une encyclopédie complète. Ils apprirent ainsi que Laurent Savant, le curé du village, organisait des concours de plongeons et des courses d'endurance, et que, en plus de bégayer dans ses sermons en tonnant contre la fainéantise et le manque d'exercice, il avait parcouru sur sa bicyclette plus de kilomètres que Marco Polo. Ils apprirent également que le conseil municipal se réunissait les mardis et les jeudis à une heure de l'après-midi pour discuter des affaires de la commune, et qu'Ernest Dijon, maire virtuellement à vie dont l'âge défiait celui de Mathusalem, passait le temps de ces réunions à caresser les coussins de son fauteuil sous la table avec la conviction qu'il explorait la cuisse charnue d'Antoinette Fabré, trésorière et féroce célibataire.

Hannah leur assenait une demi-douzaine d'histoires du même acabit à la minute. Cela n'était pas sans rapports avec le fait que sa mère tenait la boulangerie du village, qui faisait en même temps office d'agence d'information, de service d'espionnage et de cabinet de consultations sentimentales.

Les Sauvelle ne tardèrent pas à comprendre que l'économie du village était une version très particulière du capitalisme parisien. La boulangerie vendait apparemment des pains, mais l'ère de l'information était déjà en marche dans l'arrière-boutique. M. Safont, le cordonnier, réparait les courroies, les fermetures à glissière et les semelles, mais ce qui faisait son véritable intérêt pour ses clients était sa double vie en qualité d'astrologue et ses cartes astrales.

Le schéma se répétait partout. L'existence avait l'air tranquille et simple, mais elle était en vérité d'une complication byzantine. Tout l'art était de s'abandonner au rythme particulier du village, d'écouter les gens et de les laisser vous guider à travers les rituels que tout nouvel arrivant devait observer avant de pouvoir affirmer qu'il habitait bien La Baie bleue.

C'est pourquoi, chaque fois que Simone se rendait au village pour poster et prendre le courrier de Lazarus, elle passait à la boulangerie et prenait connaissance du passé, du présent et de l'avenir. Les dames de La Baie bleue lui firent bon accueil et ne tardèrent pas à la bombarder de questions sur son mystérieux patron. Lazarus menait une vie retirée et se montrait rarement. Cela, joint au torrent de livres qu'il recevait toutes les semaines, faisait de lui le point de mire de centaines d'interrogations.

— Vous vous rendez compte, ma chère, lui confia un jour Pascale Lelouch, l'épouse du pharmacien, un homme seul, enfin pratiquement seul… dans cette maison, avec tous ces livres…

Simone avait l'habitude d'acquiescer en souriant devant de telles démonstrations de sagacité, sans pour autant donner son avis. Comme lui avait dit une fois son défunt mari, ça ne valait pas la peine de perdre son temps à essayer de changer le monde ; il suffisait d'éviter que le monde vous change.

Elle apprenait également à respecter les demandes extravagantes de Lazarus à propos de sa correspondance. Le courrier personnel devait être ouvert le lendemain de sa réception, et il fallait y répondre rapidement. Le courrier commercial ou officiel devait être ouvert le jour même de son arrivée, pourtant il ne fallait jamais y répondre avant une semaine. Enfin, tout envoi provenant de Berlin et portant le nom de Daniel Hoffmann devait lui être remis en mains propres et jamais, sous aucun prétexte, n'être ouvert par elle. Simone décida que la raison de tous ces détails n'était pas de son ressort. Elle avait découvert qu'elle aimait vivre là et que l'environnement était suffisamment sain pour que ses enfants finissent d'y grandir loin de Paris. La date à laquelle elle devait ouvrir les lettres lui était totalement et superbement indifférente.

De son côté, Dorian constata que, même en se livrant de façon quasi professionnelle à la cartographie, il lui restait du temps pour se faire des amis parmi les garçons du village. Aucun ne paraissait accorder d'importance au fait que lui et sa famille soient des nouveaux venus ; ou qu'il soit ou non bon nageur (il ne l'était pas à son arrivée, mais ses nouveaux collègues se chargèrent de lui apprendre à garder la tête hors de l'eau). Il apprit que la pétanque était une distraction pour des vieux proches de la retraite et que la grande occupation des garçons de quinze ans, pétant le feu et dévorés de fièvres hormonales qui attaquaient la peau et le bon sens, était de poursuivre les filles. À son âge, apparemment, on se baladait à bicyclette, on rêvassait et l'on observait le monde en attendant que le monde commence à vous observer. Et le dimanche soir, le cinéma. C'est ainsi que Dorian se découvrit un nouvel amour inavouable à côté duquel la cartographie pâlissait comme une science de parchemins rongés aux mites : Greta Garbo, divine créature, dont la seule mention pendant les repas suffisait à lui couper l'appétit, en dépit du fait que ce soit une vieille femme… de trente ans.

Pendant que Dorian vivait dans l'angoisse en se demandant si sa fascination pour une femme au bord de la sénilité n'était pas un signe de perversité, Irène était celle des trois qui recevait le choc frontal d'Hannah dans toute son ampleur et avec le plus de violence. La liste des garçons sans engagements et d'enviable compagnie était à l'ordre du jour. L'idée d'Hannah était que si, après quinze jours passés dans le village, Irène ne commençait pas à fréquenter l'un d'eux, les garçons la prendraient pour un oiseau rare. Hannah était la première à admettre que, question biceps, le choix était grand, mais qu'en revanche, côté méninges, la grâce divine avait été parcimonieuse. De toute manière, Irène ne manquait pas de prétendants qui bourdonnaient autour d'elle, ce qui provoquait la saine jalousie de son amie.

— Ma fille, si j'avais le même succès que toi, je serais déjà Mata Hari, disait Hannah.

Irène, en regardant la meute des garçons croisés soi-disant par hasard, souriait timidement.

— Je ne suis pas sûre d'en avoir envie... Ils ont l'air un peu débiles.

— Débiles ? explosait Hannah devant cette avalanche d'occasions manquées. Si tu veux entendre quelque chose d'intéressant, va au cinéma ou prends un livre !

— J'y réfléchirai, riait Irène.

Hannah hochait la tête.

— Tu finiras comme mon cousin Ismaël, prédisait-elle.

Son cousin Ismaël avait seize ans et, comme elle l'avait raconté, il avait été élevé dans la famille d'Hannah après la mort de ses parents. Il était matelot sur le bateau de son oncle, mais ses seules véritables passions étaient apparemment la solitude et son voilier, qu'il avait construit lui-même et baptisé d'un nom dont Hannah ne parvenait jamais à se souvenir.

— Un truc grec, je crois. Pouah !

— Et où est-il en ce moment ?

— En mer. Les mois d'été sont bons pour les pêcheurs qui s'enrôlent dans des campagnes en haute mer. Papa et lui sont sur l'*Estelle*. Ils ne reviendront pas avant août.

— Ça doit être triste. Devoir passer tout ce temps en mer, séparés…

Hannah haussa les épaules.

— Il faut bien gagner sa vie…

— Ça ne te plaît pas beaucoup de travailler à Cravenmoore, n'est-ce pas ? glissa Irène.

Son amie l'observa avec une certaine surprise.

— Bien sûr, ce n'est pas mon affaire…, rectifia Irène.

— Ta question ne me gêne pas, dit Hannah en souriant. C'est vrai que ça ne me plaît pas tellement.

— À cause de Lazarus ?

— Non. Lazarus est gentil et il a toujours été bon avec nous. Quand papa a eu un accident à cause d'une hélice, il y a des années de ça, c'est lui qui a payé tous les frais de l'opération. S'il n'y avait que Lazarus…

— C'est quoi, alors ?

— Je ne sais pas. L'endroit. Les mécaniques… C'est plein de machines qui t'épient tout le temps.

— Ce ne sont que des jouets.

— Essaye de dormir une nuit là-bas. Dès que tu fermes les yeux, tic-tac, tic-tac…

Elles se regardèrent.

— Tic-tac, tic-tac ?… répéta Irène.

Hannah lui adressa un sourire ironique.

— Je suis peut-être une poltronne, mais toi, tu finiras vieille fille.

— J'adore les vieilles filles, répliqua Irène.

C'est dans ces conditions que, sans qu'ils s'en rendent compte, les jours du calendrier défilèrent rapidement et qu'août frappa à la porte. Avec lui arrivèrent les premières pluies d'été, des bourrasques passagères qui duraient tout juste quelques heures. Simone était prise par ses nouvelles fonctions, Irène s'habituait à la vie quotidienne avec Hannah. Et Dorian, cela va sans dire, apprenait à plonger, tout en traçant des cartes imaginaires de la géographie de Greta Garbo.

Une journée comme les autres, une de ces journées d'août où la pluie nocturne avait sculpté dans les nuages des châteaux de coton sur un fond d'un bleu éblouissant, Hannah et Irène décidèrent d'aller faire un tour sur la plage de l'Anglais. Cela faisait un mois et demi que les Sauvelle étaient arrivés à La Baie bleue. Et c'est justement au moment où il semblait n'y avoir aucune place pour les surprises que celles-ci commencèrent.

La lumière de midi éclairait des traces de pas le long de la ligne de la marée, telles des marques profondes sur une plaque blanche ; sur l'océan, les mâts lointains du port scintillaient par intermittence comme des mirages.

Au milieu de la blanche immensité d'un sable fin comme de la poussière, Irène et Hannah se reposaient sur les restes d'un vieux bateau échoué sur le rivage, entourées d'une bande de petits oiseaux bleus qui nichaient dans les dunes neigeuses.

— Pourquoi l'appelle-t-on la plage de l'Anglais ? demanda Irène en contemplant l'étendue désolée qui les séparait du village et du cap.

— C'est parce qu'un vieux peintre anglais a longtemps vécu ici, dans une cabane. Le pauvre avait plus de dettes que de pinceaux. Il donnait des tableaux aux gens du village en échange de nourriture et de vêtements. Il est mort il y a trois ans. On l'a enterré ici, sur la plage où il avait passé toute sa vie.

— Si on me permettait de choisir, moi aussi j'aimerais être enterrée dans un endroit comme celui-là.

— Charmantes pensées, plaisanta Hannah, non sans une nuance de reproche dans la voix.

— Mais je ne suis pas pressée, précisa Irène, qui venait de repérer la présence d'un petit voilier en train de filer dans la baie à une centaine de mètres de la côte.

— Pouah !... murmura son amie. Voilà le marin solitaire. Il n'a même pas été capable d'attendre un jour pour reprendre son voilier.

— De qui parles-tu ?

— Mon père et mon cousin ont débarqué hier. Mon père dort encore, mais celui-là... il est incurable.

Irène suivit des yeux le voilier qui traversait la baie.

— C'est mon cousin Ismaël. Il passe la moitié de sa vie sur ce bateau, du moins quand il ne travaille pas au port avec mon père. Mais c'est un gentil garçon... Tu vois cette médaille ?

Hannah lui montra une jolie médaille pendant à une chaîne en or passée à son cou ; un soleil plongeant dans la mer.

— C'est un cadeau d'Ismaël...

— Elle est belle, dit Irène en en examinant les détails.

Hannah se leva et poussa un cri qui catapulta la bande d'oiseaux bleus à l'autre bout de la plage. En l'entendant, la mince silhouette qui tenait la barre répondit par un salut et dirigea le bateau vers elles.

— Surtout, ne lui pose pas de questions sur son voilier ! prévint Hannah. Et si c'est lui qui aborde le sujet, ne lui demande pas comment il l'a construit. Il peut en parler des heures sans s'arrêter.

— C'est de famille.

Hannah la fusilla d'un regard furibond.

— Je crois que je vais te laisser là, sur la plage, aux bons soins des crabes.

— Excuse-moi.

— Je t'excuse. Mais si je te parais bavarde, attends de rencontrer ma marraine. À côté d'elle, nous avons tous l'air d'une famille de muets.

— Je suis sûre que je serais ravie de faire sa connaissance.

— On dit ça…, répliqua Hannah, incapable de réprimer un sourire moqueur.

Le voilier d'Ismaël fendit adroitement les dernières vagues et sa quille vint entailler le sable comme une lame de couteau. Le garçon se hâta d'affaler la voile et de la serrer au bas du mât. De toute évidence, il avait l'habitude. Dès qu'il eut sauté à terre, il inspecta Irène des pieds à la tête avec une expression dont l'éloquence involontaire était à la hauteur de ses connaissances en matière de navigation. Hannah fit la dégoûtée et lui tira la langue d'un air farceur, puis s'empressa de les présenter l'un à l'autre, à sa façon, naturellement.

— Ismaël, voici mon amie Irène, annonça-t-elle aimablement, mais inutile de la dévorer des yeux.

Le garçon donna un coup de coude à sa cousine et tendit la main à Irène.

— Bonjour…

La brièveté du salut était accompagnée d'un sourire timide et sincère. Irène lui serra la main.

— Ne t'inquiète pas, il n'est pas idiot : c'est sa façon de dire qu'il est ravi de te voir, intervint Hannah.

— Ma cousine parle tant que je crois parfois qu'elle va épuiser le dictionnaire, plaisanta Ismaël. Je suppose qu'elle t'a déjà recommandé de ne pas me poser de questions sur le voilier…

— Pas du tout, répondit prudemment Irène.

— Ben voyons !… Hannah pense que c'est la seule chose dont je sais parler.

— Il y a aussi les filets et les gréements, mais question voilier, à toi le pompon, cousin.

Irène suivit avec amusement cette prise de bec à laquelle ils paraissaient tous les deux prendre beaucoup de plaisir. Il n'y avait rien de méchant là-dedans, ou en tout cas rien de plus ou de moins que le désir d'ajouter un peu de piment à la vie quotidienne.

— J'ai entendu dire que vous vous êtes installés dans la Maison du Cap, dit Ismaël.

Irène se concentra sur le garçon pour le photographier mentalement. Dans les seize ans, la peau et les cheveux marqués par le temps passé en mer. Sa constitution révélait le dur travail au port, et ses bras et ses mains portaient des petites cicatrices peu habituelles chez les garçons parisiens. Il en avait une plus longue et plus prononcée sur la jambe droite, depuis le haut du genou jusqu'à la cheville. Irène se demanda où il avait pu acquérir pareil trophée. Elle termina par les yeux, la seule chose dans son aspect qui sortait carrément du commun. Grands et clairs, ils semblaient dessinés pour dissimuler des secrets derrière une expression intense et vaguement triste. Irène se souvenait de regards identiques chez les soldats anonymes avec lesquels elle avait partagé quelques brèves minutes au rythme d'un orchestre de quatrième classe : des regards qui masquaient la crainte, la tristesse et l'amertume.

Hannah interrompit sa rêverie :

— Irène chérie, tu es en transes ?

— J'étais en train de penser qu'il se fait tard. Ma mère va s'inquiéter.

— Ta mère doit être ravie d'avoir quelques heures de paix. Mais à ta guise.

— Si tu veux, je peux te rapprocher avec mon bateau, proposa Ismaël. La Maison du Cap a un petit embarcadère entre les rochers.

Irène échangea un coup d'œil interrogateur avec Hannah.

— Si tu refuses, tu lui briseras le cœur. Même Greta Garbo, mon cousin ne l'inviterait pas sur son voilier.

— Tu ne viens pas ? demanda Irène, un peu effrayée.

— On me paierait que je ne monterais pas sur cette coque de noix. Et puis c'est ma journée libre et, ce soir, il y a bal sur la place. Si j'étais toi, j'y penserais. Les bons partis se trouvent sur la terre ferme. C'est la fille d'un pêcheur qui te le dit. Mais bon, je cause, je cause… Allez, vas-y ! Et toi, matelot, fais attention à ce que mon amie arrive entière au port. Tu m'as bien entendue ?

Le voilier, qui, à en croire le nom écrit sur la coque, s'appelait le *Kyaneos*, reprit la mer, ses voiles blanches déployées au vent et la proue fendant les vagues en direction du cap.

Entre deux manœuvres, Ismaël adressait des sourires timides à sa passagère, et il ne s'assit à côté de la barre que lorsque le bateau fut stabilisé dans le courant. Irène, cramponnée au banc, laissa sa peau s'imprégner des embruns que la brise jetait sur eux. Le vent les poussait maintenant avec force, et Hannah n'était plus qu'une silhouette minuscule qui leur faisait des signes depuis le rivage. La vigueur avec laquelle le voilier filait dans la baie et le bruit des vagues cognant contre la coque donnèrent à Irène des envies de rire sans motif apparent.

— C'est la première fois ? s'enquit Ismaël. Je veux dire, sur un voilier.

Irène confirma.

— C'est différent, hein ?

Elle acquiesça de nouveau en souriant, sans pouvoir détacher son regard de la grande cicatrice qui marquait la jambe d'Ismaël.

— Un congre, expliqua le garçon. C'est une histoire un peu longue.

Irène leva les yeux et contempla les contours de Cravenmoore émergeant de la cime des arbres.

— Que signifie le nom de ton voilier ?

— C'est du grec. *Kyaneos :* « kyan », répondit Ismaël, énigmatique.

Et comme Irène fronçait les sourcils sans comprendre, il poursuivit :

— Les Grecs se servaient de ce mot pour décrire le bleu foncé, la couleur de la mer. Quand Homère parle de la mer, il compare sa couleur à celle d'un vin sombre. C'est le mot qu'il emploie : *kyaneos.*

— Je vois que tu sais parler d'autre chose que de ton bateau et des filets.

— J'essaye.

— Qui t'a appris ?

— À naviguer ? J'ai appris seul.

— Non, sur les Grecs…

— Mon père était passionné d'histoire. J'ai conservé certains de ses livres…

Irène garda le silence.

— Hannah doit t'avoir raconté que mes parents sont morts.

Irène se borna à acquiescer d'un geste. L'îlot du phare se dressait à quelques centaines de mètres. Elle le contempla, fascinée.

— Le phare est éteint depuis des années. Aujourd'hui, seul reste en service celui de La Baie bleue, expliqua Ismaël.

— Personne ne va plus dans l'île ?

Ismaël fit non de la tête.

— Et pourquoi ?

— Tu aimes les histoires de fantômes ?

— Ça dépend…

— Les gens du village croient que l'îlot du phare est hanté. On prétend qu'une femme s'y est noyée, il y a très longtemps. D'aucuns voient des lumières.

Bon, chaque village a ses racontars, et le nôtre n'y échappe pas.

— Des lumières ?

— Les lumières de septembre, précisa Ismaël tandis qu'ils laissaient l'îlot sur tribord. La légende, si tu veux l'appeler comme ça, veut qu'une nuit, à la fin de l'été, pendant le bal déguisé du village, les gens ont vu une femme masquée monter sur un voilier et prendre la mer. Certains racontent qu'elle allait à un rendez-vous secret avec son amant sur l'îlot du phare ; d'autres qu'elle fuyait un crime inavouable… En réalité, toutes les explications sont bonnes, car personne n'a jamais su qui elle était. Son visage était invisible sous le masque. Mais, pendant qu'elle traversait la baie, une terrible tempête s'est subitement déchaînée et a entraîné le bateau vers les rochers, où il s'est fracassé. La femme mystérieuse et sans visage s'est noyée, ou du moins personne n'a retrouvé son corps. Depuis lors, on dit que, dans les derniers jours d'été, à la tombée de la nuit, on peut voir des lumières sur l'île…

— L'esprit de cette femme…

— Tout juste… Essayant de terminer sa traversée inachevée…

— Et c'est vrai ?

— C'est une histoire de fantômes. On y croit ou on n'y croit pas.

— Et toi, tu y crois ? demanda Irène.

— Moi, je ne crois que ce que je vois.

— Un marin sceptique.

— À peu près.

Irène accorda de nouveau toute son attention à l'îlot. Les vagues se brisaient avec force sur les rochers.

Les vitres cassées du phare réfractaient la lumière, la décomposant en un arc-en-ciel fantomatique qui se perdait dans les embruns balayant les brisants.

— Tu y es déjà allé ?

— Sur l'îlot ?

Ismaël borda la grand-voile et donna un coup de barre qui fit gîter le voilier sur bâbord, la proue pointée sur le cap et coupant le courant qui venait du large.

— Tu as peut-être envie de le visiter ? proposa-t-il. L'îlot.

— C'est possible ?

— Tout est possible. C'est juste une question d'oser ou pas, répondit Ismaël avec un sourire de défi.

Irène soutint son regard.

— Quand ?

— Samedi prochain. Avec mon bateau.

— Seuls ?

— Seuls. À moins que ça te fasse peur…

— Ça ne me fait pas peur, trancha Irène.

— Donc, à samedi. Je viendrai te prendre à l'embarcadère vers midi.

Irène se tourna vers la côte. La Maison du Cap se dressait sur les falaises. Dorian, depuis le porche, les observait avec une curiosité qu'il ne prenait pas la peine de dissimuler.

— C'est mon frère, Dorian. Peut-être as-tu envie de connaître ma mère…

— Je ne suis pas bon dans les présentations familiales.

— Un autre jour, alors.

Le voilier pénétra dans la petite crique naturelle protégée par les falaises au pied de la Maison du Cap. Avec une dextérité due à une longue expérience,

Ismaël affala la voile et fit en sorte que, par la seule force d'inertie, le courant amène la coque jusqu'à l'embarcadère. Il saisit un filin et sauta à terre pour immobiliser le bateau. Une fois le voilier ainsi assuré, il tendit la main à Irène.

— On dit qu'Homère était aveugle. Comment pouvait-il connaître la couleur de la mer ? demanda la jeune fille.

Ismaël lui prit la main et, la tirant avec force, la hala sur l'embarcadère.

— Une raison de plus pour ne croire que ce que tu vois, répondit-il en lui tenant toujours la main.

Les paroles de Lazarus au cours de leur première soirée à Cravenmoore revinrent à la mémoire d'Irène.

— Les yeux sont parfois trompeurs, fit-elle remarquer.

— Pas pour moi.

— Merci pour la traversée.

Ismaël acquiesça en lui lâchant lentement la main.

— À samedi.

— À samedi.

Il sauta sur son bateau et donna du mou au filin, permettant ainsi au courant de l'éloigner du bord tandis qu'il hissait de nouveau la voile. Le vent le porta jusqu'à l'entrée de la crique et, quelques secondes plus tard, le *Kyaneos* regagnait la baie en fendant les vagues.

Irène resta sur l'embarcadère pour regarder la voile blanche diminuer dans l'immensité de la baie. À un moment, elle s'aperçut qu'elle gardait toujours son sourire collé aux lèvres et qu'un picotement suspect lui parcourait les mains. Elle sut alors que la semaine allait être très, très longue.

# 4

# Secret et ombres

À La Baie bleue, le calendrier ne distinguait que deux époques : l'été et le reste de l'année. En été, les villageois multipliaient par trois leurs heures de travail afin de subvenir aux besoins des hameaux de la côte qui hébergeaient des vacanciers, touristes et citadins venus profiter, moyennant finance, des plages et du soleil, ennui garanti en prime. Boulangers, artisans, tailleurs, charpentiers, maçons et autres corps de métier dépendaient des trois longs mois durant lesquels le soleil daignait sourire à la côte normande. Pendant ces treize ou quatorze semaines, les habitants de La Baie bleue se transformaient en fourmis industrieuses, pour pouvoir paresser tranquillement le reste de l'année comme de modestes cigales. Et si certaines journées étaient particulièrement chargées, c'étaient bien celles du début du mois d'août, quand la demande de produits locaux grimpait du zéro à l'infini.

L'une des rares exceptions à cette règle était Christian Hupert. Lui, comme les autres patrons pêcheurs du village, subissait le sort de la fourmi pendant les douze mois de l'année. Tous les étés à la même date, ce marin chevronné ruminait les mêmes pensées en voyant autour de lui le village prendre son envol. Il songeait alors qu'il s'était trompé de métier et qu'il aurait dû avoir la sagesse de rompre avec la tradition de sept générations en se faisant hôtelier ou commerçant. De la sorte, sa fille Hannah ne serait peut-être pas forcée de servir toute la semaine à Cravenmoore, et lui-même parviendrait peut-être à voir le visage de sa femme plus d'une demi-heure par jour, quinze minutes le matin et quinze le soir.

Ismaël observa son oncle pendant qu'ils travaillaient tous les deux à la réparation de la pompe de cale du bateau. L'expression méditative du pêcheur le trahissait.

— Tu pourrais ouvrir un atelier de marine, suggéra Ismaël.

Pour toute réponse, son oncle émit une sorte de croassement.

— Ou vendre le bateau et investir dans la boutique de M. Didier, poursuivit le garçon. Ça fait six ans qu'il insiste.

L'oncle interrompit son travail et dévisagea son neveu. Depuis treize ans qu'il remplaçait son père, il n'avait pas réussi à effacer ce qu'il craignait et aimait le plus chez lui : sa ressemblance obstinée et définitive avec ledit père, y compris cette manie de donner son avis quand personne ne le lui avait demandé.

— C'est toi qui devrais faire ça, répliqua Christian. Moi, je vais avoir cinquante ans. À mon âge, on ne change pas de métier.

— Alors, pourquoi te plains-tu ?

— Je n'en ai pas le droit, peut-être ?

Ismaël haussa les épaules. Tous deux se concentrèrent de nouveau sur la pompe.

— Très bien. Je ne dirai plus un mot, murmura le garçon.

— Ça serait trop beau. Rajuste plutôt ce ressort.

— Ce ressort est fichu. Nous devrions changer la pompe. Un jour, elle nous jouera un mauvais tour.

Hupert afficha son sourire des grandes occasions, réservé aux inspecteurs de la halle à marée, aux autorités du port et aux casse-pieds de tout poil.

— Cette pompe a appartenu à mon père. Avant, à mon grand-père. Et avant lui à…

— C'est bien ce que je veux dire, enchaîna Ismaël. Elle rendrait probablement plus de services dans un musée qu'ici.

— C'est tout ?

— J'ai raison. Et tu le sais.

Faire enrager son oncle était avec, peut-être, naviguer sur son voilier, le passe-temps favori d'Ismaël.

— Je n'ai pas l'intention de poursuivre cette discussion. Point final. Terminé.

Et pour que cette déclaration soit bien claire, Hupert la ponctua résolument d'un tour de clef énergique.

Un craquement suspect se fit soudain entendre à l'intérieur de la pompe. Hupert sourit au garçon. Deux secondes plus tard, l'extrémité du ressort qu'il venait de tendre sortit, catapultée, et décrivit une trajectoire parabolique au-dessus de leurs têtes, aussitôt accompagnée de ce qui semblait être un piston, puis d'un assortiment complet d'écrous et de toute une quincaillerie non identifiée. Oncle et neveu suivirent le vol de cette ferraille qui alla atterrir fort peu discrètement sur le pont du bateau voisin, celui de Gérard Picaud.

Picaud, un ancien boxeur doté d'une constitution de taureau et d'une cervelle de pousse-pied, examina les pièces, puis scruta le ciel. Hupert et Ismaël échangèrent un coup d'œil.

— Je ne crois pas que ça fera une grande différence, suggéra Ismaël.

— Quand je voudrai avoir ton avis…

— … tu me le diras. D'accord. À propos, je me demandais si ça t'embêterait que je me libère samedi prochain. J'aimerais faire quelques réparations sur mon voilier…

— Est-ce que, par hasard, ces réparations n'auraient pas des yeux verts ? laissa tomber Hupert en adressant un sourire narquois à son neveu.

— Les nouvelles vont vite.

— Si elles dépendent de ta cousine, elles volent, mon cher neveu. Quel est le nom de la demoiselle ?

— Irène.

— Je vois.

— Il n'y a rien à voir.

— Attendons un peu.

— Elle est agréable, c'est tout.

— « Elle est agréable, c'est tout », répéta Hupert en imitant la voix froide et indifférente de son neveu.

— Oublions ça, trancha Ismaël. Ce n'était pas une bonne idée. Je travaillerai samedi.

— C'est vrai qu'il faut nettoyer la sentine. Il y a du poisson pourri dedans depuis des semaines, et ça pue atrocement.

— Parfait.

Hupert éclata de rire.

— Tu es aussi têtu que ton père. Oui ou non, est-ce que cette fille te plaît ?

— Bah…

— Avec moi, on n'use pas de monosyllabes, Roméo. J'ai le triple de ton âge. Elle te plaît ?

Le garçon haussa les épaules. Ses joues étaient rouges comme des abricots mûrs. Il finit pas laisser échapper un murmure inintelligible.

— Traduis, insista son oncle.

— J'ai dit oui. Je crois que oui. Je ne la connais pratiquement pas.

— Bon. C'est plus que ce que j'ai pu dire de ta tante quand je l'ai vue pour la première fois. Et je prends le ciel à témoin qu'elle est une sainte.

— Comment était-elle, quand elle était jeune ?

— Ne commençons pas, ou tu passes ton samedi dans la sentine, menaça Hupert.

Ismaël se mit en devoir de réunir les outils. Son oncle essuya le cambouis qu'il avait sur les mains, tout en l'observant à la dérobée. La dernière fille pour laquelle Ismaël avait marqué de l'intérêt était une certaine Laure, la fille d'un voyageur de commerce bordelais, et ça faisait presque deux ans. Les seules amours de son neveu, dont l'intimité était impénétrable, semblait être la mer et la solitude. La fille devait avoir quelque chose de vraiment exceptionnel.

— Je te livrerai la sentine propre avant ce vendredi, annonça Ismaël.

— Elle est toute à toi.

Quand oncle et neveu sautèrent sur le quai pour rentrer à la maison avant la tombée de la nuit, leur voisin Picaud continuait d'examiner les pièces mystérieuses, en essayant de déterminer si, cet été, il pleuvait des écrous, ou si le ciel tentait de lui envoyer un signe.

Au début du mois d'août, les Sauvelle avaient déjà l'impression de vivre à La Baie bleue depuis au moins un an. Ceux qui ne les connaissaient pas encore étaient tenus au courant de leurs faits et gestes grâce à l'art oratoire d'Hannah et de sa mère, Élisabeth Hupert. Par un phénomène étrange, à mi-chemin entre l'esbroufe et la magie, les nouvelles arrivaient à la boulangerie avant même que les événements ne se produisent. Ni la radio ni la presse ne pouvaient rivaliser avec l'établissement d'Élisabeth Hupert. Croissants et nouvelles sortaient tout chauds du four, du lever au coucher du soleil. C'est ainsi que, dès le vendredi, les seuls habitants de La Baie bleue à ne pas être informés du coup de foudre survenu entre Ismaël Hupert et la nouvelle venue, Irène Sauvelle, étaient les poissons et les intéressés eux-mêmes. Peu importait s'il s'était passé quelque chose ou si quelque chose allait se passer. Le bref trajet en bateau à voile de la plage de l'Anglais à la Maison du Cap était déjà en train de s'inscrire dans les annales de cet été 1937.

Vraiment, les premières semaines d'août à La Baie bleue passèrent à toute vitesse. Simone avait enfin réussi à établir dans sa tête une carte de Cravenmoore. La liste de toutes les tâches urgentes concernant l'entretien de la maison était infinie. Rien que prendre contact avec les fournisseurs du village, mettre la comptabilité à jour et s'occuper du courrier de Lazarus suffisait à meubler tout son temps, abstraction faite des minutes qu'elle consacrait à respirer et à dormir. Dorian, armé d'une bicyclette que Lazarus avait tenu à lui offrir en cadeau de bienvenue, se fit son pigeon voyageur et, en quelques jours, le garçon connaissait le moindre caillou et chaque nid-de-poule du chemin de la plage de l'Anglais.

C'est ainsi que, tous les matins, Simone commençait sa journée en expédiant la correspondance qui devait partir et en répartissant scrupuleusement celle qui arrivait, comme Lazarus le lui avait expliqué. Une petite note, simple feuille de papier pliée en deux, lui permettait de garder à portée de main toutes les consignes extravagantes de Lazarus. Elle se rappelait encore son troisième jour, quand elle avait été sur le point d'ouvrir accidentellement une lettre expédiée de Berlin par le dénommé Daniel Hoffmann. La mémoire lui était revenue à la dernière seconde.

Les envois d'Hoffmann arrivaient tous les neuf jours, avec une précision quasi mathématique. Les enveloppes en papier fort étaient toujours scellées à la cire, avec un écusson en forme de D. Très vite, Simone prit l'habitude de les séparer du reste et de ne plus s'en soucier. Au cours de la première semaine d'août, cependant, quelque chose se passa qui éveilla de nouveau sa curiosité à propos de la mystérieuse correspondance de M. Hoffmann.

Simone était entrée de bon matin dans le bureau de Lazarus pour laisser sur sa table une série de factures et de règlements récemment arrivés. Elle préférait s'acquitter de cette tâche aux premières heures de la journée, avant que le fabricant de jouets ne soit là, afin d'éviter de l'interrompre et de l'importuner plus tard. Armand, tant qu'il avait pu le faire, avait l'habitude de commencer la journée en classant règlements et factures.

Le fait est que, ce matin-là, Simone entra dans la pièce comme à l'ordinaire et perçut dans l'air une odeur de tabac, ce qui laissait supposer que Lazarus avait veillé tard dans la nuit. Elle était en train de poser les documents sur la table de travail, quand elle remarqua, dans la cheminée, quelque chose qui fumait au milieu des braises. Intriguée, elle s'approcha et, s'aidant du tisonnier, elle tenta de voir de quoi il s'agissait. À première vue, la chose semblait être une liasse de papiers attachés que le feu n'avait pas réussi à consumer complètement. Elle était sur le point de quitter la pièce quand, parmi les braises, elle distingua nettement le sceau apposé sur le paquet de papiers. Des lettres. Lazarus avait jeté au feu les lettres de Daniel Hoffmann pour les faire disparaître. Quelle qu'en soit la raison, songea Simone, ça ne la concernait pas. Elle reposa le tisonnier et sortit du bureau, décidée à ne plus jamais mettre son nez dans les affaires personnelles de son patron.

Le crépitement de la pluie griffant les vitres réveilla Hannah. Il était minuit. La chambre était plongée dans des ténèbres bleutées, et les reflets de la lointaine tempête sur l'océan dessinaient des figures imaginaires dans l'ombre environnante. Le tic-tac d'un cartel parlant résonnait mécaniquement, accompagné du mouvement régulier des yeux de son visage souriant. Hannah soupira. Elle détestait passer la nuit à Cravenmoore.

À la lumière du jour, la maison de Lazarus Jann apparaissait comme un interminable musée de prodiges et de merveilles. Mais, la nuit tombée, les centaines de créatures mécaniques, les masques et les automates se transformaient en une faune spectrale qui ne dormait jamais, toujours aux aguets, toujours surveillant les ténèbres, sans cesser de sourire, sans cesser de regarder dans le vide.

Lazarus dormait dans une chambre de l'aile ouest, voisine de celle de sa femme. À part eux et Hannah, la maison était uniquement habitée par les dizaines de créations du fabricant de jouets, dans chaque couloir, chaque chambre. Dans le silence de la nuit, Hannah entendait l'écho de leurs entrailles mécaniques. Parfois, quand le sommeil la fuyait, elle restait des heures à les imaginer, immobiles, leurs yeux de verre brillant dans le noir.

À peine eut-elle fermé de nouveau les paupières qu'elle entendit pour la première fois le bruit, un choc régulier amorti par la pluie. Elle se leva et traversa la chambre en direction de la clarté de la fenêtre. La jungle de tours, d'arcs et de toitures anguleuses de Cravenmoore s'étalait sous la bourrasque. Les mufles des gargouilles crachaient des flots d'eau noire dans le vide. Ah, comme elle haïssait cet endroit !...

Le bruit parvint de nouveau à ses oreilles et son regard se posa sur la rangée de fenêtres de l'aile ouest. Le vent en avait ouvert une au deuxième étage. Les rideaux ondulaient et les volets ne cessaient de battre. La jeune fille maudit le sort. La seule idée de sortir dans le couloir et de traverser la maison jusque là-bas lui glaçait le sang.

Avant de laisser à la peur le temps de la dissuader d'accomplir son devoir, elle enfila une robe de chambre et des pantoufles. Il n'y avait pas d'éclairage, aussi prit-elle un chandelier, dont elle alluma les bougies. La lumière vacillante et cuivrée de leurs flammes traça un halo fantomatique autour d'elle. Hannah posa la main sur la poignée froide de la porte de sa chambre et sortit, la gorge serrée. Au loin, les volets de cette chambre obscure continuaient de claquer. Comme s'ils l'attendaient.

Hannah fit face à la fuite infinie du couloir qui s'enfonçait dans l'ombre. Elle leva le chandelier et pénétra dans le corridor bordé des silhouettes, suspendues dans le vide, des jouets endormis de Lazarus. Elle concentra son attention devant elle et pressa le pas. Le deuxième étage hébergeait beaucoup des vieux automates de Lazarus, des créatures qui se mouvaient lourdement, dont les traits étaient souvent grotesques et parfois menaçants. Ils étaient presque tous enfermés dans des vitrines derrière lesquelles, sans crier gare, il leur arrivait de reprendre vie sur les ordres d'un rouage intérieur qui les réveillait au hasard de leur sommeil mécanique.

Hannah passa devant Madame Sarou, la pythonisse qui battait entre ses mains parcheminées les cartes du tarot, en choisissait une puis la montrait au spectateur. Malgré tous ses efforts, la jeune femme ne put éviter de regarder les formes spectrales de cette Gitane sculptée dans le bois. Les yeux de celles-ci s'ouvrirent et ses mains tendirent une carte dans sa direction. Hannah eut un choc. La carte représentait un diable rouge entouré de flammes.

Quelques mètres plus loin, le torse de l'homme aux masques se balançait d'un côté et de l'autre. L'automate effeuillait son visage invisible en découvrant des masques différents. Hannah détourna la tête et se hâta. Elle avait traversé des centaines de fois ce couloir à la lumière du jour. Ces mécaniques sans vie ne méritaient pas son attention ; encore moins sa peur.

C'est avec cette pensée rassurante en tête qu'Hannah franchit l'extrémité du corridor qui conduisait à l'aile l'ouest. Le petit orchestre du Maestro Firetti reposait sur un côté du couloir. Pour une pièce de monnaie, ses musiciens interprétaient à leur façon la *Marche turque* de Mozart.

Elle s'arrêta devant la dernière porte, en chêne massif. Chaque porte de Cravenmoore était agrémentée d'un relief original, sculpté dans le bois, qui représentait des contes célèbres : les frères Grimm immortalisés en hiéroglyphes sur une luxueuse ébénisterie. Aux yeux de la jeune fille, néanmoins, les sculptures étaient sinistres. Elle n'était encore jamais entrée dans cette pièce ; ce n'était qu'une des nombreuses chambres de la maison où elle n'avait pas mis les pieds. Et où elle ne le ferait jamais, sauf absolue nécessité.

Le volet battait de l'autre côté de la porte. Le souffle glacial de la nuit filtrait à travers les jointures de celle-ci, frôlant sa peau. Hannah adressa un dernier coup d'œil au long corridor derrière elle. Les visages de l'orchestre scrutaient l'obscurité. On entendait nettement le bruit de l'eau et de la pluie courant sur les toits de Cravenmoore comme des milliers de petites araignées. Elle respira profondément et, posant la main sur la poignée de la porte, pénétra dans la chambre.

Une bouffée d'air glacé l'enveloppa, referma violemment la porte dans son dos et éteignit les flammes des bougies. Les rideaux de gaze imprégnés de pluie ondulaient dans le vent tels des linceuls. Hannah avança de quelques pas et se hâta de fermer la fenêtre, en assurant bien l'espagnolette qui avait cédé sous le vent. De ses doigts tremblants, elle chercha dans la poche de sa robe de chambre la boîte d'allumettes et ralluma les bougies. Les ténèbres reprirent vie autour d'elle, à la lumière dansante des flammes. Leur clarté révélait ce qui, à ses yeux, semblait être une chambre d'enfant. Un petit lit à côté d'un pupitre. Des livres et des vêtements d'enfant posés sur une chaise. Une paire de souliers soigneusement rangée sous le sommier. Un crucifix accroché à un montant du lit.

Elle fit encore quelques pas. Il y avait dans ces objets et ces meubles quelque chose d'étrange, de déconcertant, qu'elle n'arrivait pas à découvrir. Ses yeux sondèrent de nouveau la pièce. Il n'y avait pas d'enfants à Cravenmoore. Il n'y en avait jamais eu. Quel sens pouvait avoir cette chambre ?

Brusquement, l'idée se fit jour dans son esprit. Maintenant, elle comprenait ce qui l'avait décontenancée au début. Ce n'était pas l'ordre. Ni la propreté. C'était si simple, si élémentaire, que l'on ne s'en apercevait pas tout de suite. C'était bien la chambre d'un enfant. Mais il y manquait quelque chose… Des jouets. Il n'y avait pas un seul jouet dans toute la pièce.

Hannah leva le chandelier et découvrit autre chose sur les murs. Des papiers. Des coupures de presse. Elle posa le chandelier sur le pupitre et s'approcha. Une mosaïque de vieux articles et de photographies couvrait le mur. Le visage blafard d'une femme occupait le centre d'une photo ; ses traits étaient durs, taillés à la hache, et ses yeux noirs irradiaient une aura menaçante. Le même visage revenait sur d'autres images. Hannah concentra son attention sur la photo où la dame mystérieuse tenait un enfant dans ses bras.

Elle parcourut le mur et s'arrêta sur les pages découpées dans de vieux journaux et dont les titres n'avaient apparemment aucune relation entre eux. Des informations concernant un terrible incendie dans une fabrique de Paris et la disparition, dans cette tragédie, d'un personnage du nom d'Hoffmann. La trace obsédante de cette présence imprégnait toute la collection de coupures de presse, alignées telles des dalles sur les murs d'un cimetière de souvenirs. Et au milieu, entourée de dizaines d'autres morceaux de journaux illisibles, la première page d'un périodique datant de 1898. On y voyait le visage d'un enfant. Ses yeux étaient emplis de terreur, des yeux d'animal battu.

La force de cette image frappa Hannah de plein fouet. Cet enfant d'à peine six ou sept ans paraissait avoir été témoin d'une horreur qu'il ne pouvait pas comprendre. Hannah eut froid, un froid intense qui se répandit dans tout son corps. Elle tenta de déchiffrer le texte devenu flou qui entourait l'image. « Un enfant de huit ans a été trouvé après avoir passé sept jours enfermé dans une cave, abandonné dans le noir », lisait-on au bas de la photo. Elle observa de nouveau le visage du petit. Il y avait quelque chose de vaguement familier dans ses traits, peut-être dans ses yeux…

À cet instant précis, Hannah crut entendre l'écho d'une voix, une voix qui murmurait derrière elle. Elle se retourna, mais il n'y avait personne. La jeune fille laissa échapper un soupir. Les rayons de lumière vaporeuse qui émanaient des bougies faisaient danser dans l'air des milliers de particules de poussière et semaient une brume pourpre aux alentours. Elle alla à la fenêtre et dessina avec les doigts une ouverture dans la buée qui voilait la vitre. Le bois était plongé dans le brouillard. Les lumières du bureau de Lazarus, à l'extrémité de l'aile ouest, étaient allumées, et elle pouvait le distinguer, se découpant dans le chaud halo doré qui tremblait entre les rideaux. Un rai lumineux pénétra dans l'ouverture pratiquée dans la buée et tendit un fil de clarté à travers la chambre.

La voix se fit de nouveau entendre, cette fois plus claire et plus proche. Elle chuchotait son nom. Hannah se retourna vers la chambre dans la pénombre et, pour la première fois, remarqua l'éclat que diffusait un petit flacon en cristal. Le flacon, noir comme de l'obsidienne, était posé dans une niche du mur, entouré d'un spectre de reflets.

Elle s'approcha lentement du flacon et l'examina. À première vue, il contenait du parfum, mais elle n'en avait jamais vu de si beau, ni un cristal taillé avec autant de perfection. Un bouchon en forme de prisme diffusait autour de lui un arc-en-ciel. Elle fut prise d'un désir irrésistible de tenir cet objet dans ses mains et de caresser de ses doigts les lignes parfaites du cristal.

Avec d'extrêmes précautions, elle entoura le flacon de ses mains. Il pesait plus lourd qu'elle ne s'y attendait, et le contact du cristal avec la peau était glacial, presque douloureux. Elle le leva à la hauteur de ses yeux et tenta d'en distinguer l'intérieur. Son regard ne put saisir qu'une noirceur impénétrable. Pourtant, en le scrutant à contre-lumière, elle eut l'impression que quelque chose y bougeait. Un épais liquide noir, peut-être un parfum…

Ses doigts tremblants s'emparèrent du bouchon de cristal taillé. Quelque chose s'agita à l'intérieur du flacon. Hannah eut un instant d'hésitation. Mais la perfection de l'objet semblait promettre le parfum le plus enivrant que l'on puisse imaginer. Elle tourna lentement le bouchon. Dans le flacon, la chose noire s'agita de nouveau, mais elle ne lui prêtait plus attention. Enfin, le bouchon céda.

Un son indescriptible, le sifflement du gaz sous pression qui s'échappait, envahit la pièce. En une seconde à peine, une masse noire sortie de l'embouchure du flacon se répandit dans la chambre telle une tache d'encre dans un bassin. Hannah sentit ses mains trembler. Le murmure de cette voix l'enveloppa. Quand elle regarda de nouveau le flacon, elle vit que le cristal était transparent et que la chose, quelle qu'elle soit, qui y avait été prisonnière s'était libérée grâce à elle. À mesure que l'obscurité nouvelle s'emparait de la chambre, une présence devint visible dans l'épaisseur des ténèbres. Une silhouette impénétrable s'étalait sur les murs, les revêtant de ténèbres.

Une ombre.

Hannah recula lentement vers la porte. Ses mains tremblantes se posèrent, derrière son dos, sur la poignée glacée. Elle ouvrit, sans quitter des yeux l'obscurité, et se disposa à filer le plus vite possible. Elle devinait que la chose avançait sur elle.

Quand elle tira la poignée pour refermer la porte, la chaîne qu'elle portait autour du cou resta accrochée à l'un des reliefs sculptés. Simultanément, un son grave et effrayant se fit entendre derrière elle ; le sifflement d'un grand serpent. Des larmes de terreur glissèrent sur ses joues. La chaîne se brisa et la médaille tomba dans le noir. Ainsi libérée, Hannah fit face au tunnel d'obscurité qui s'ouvrait devant elle. À une extrémité, la porte qui menait à l'escalier de l'aile arrière était ouverte. Le sifflement fantomatique résonna de nouveau. Plus proche. Elle courut jusqu'au débouché de l'escalier. Quelques secondes plus tard, elle identifia le bruit de la poignée qui tournait. Cette fois, la panique lui arracha un cri et elle dévala l'escalier.

Le trajet jusqu'au rez-de-chaussée lui parut infini. Hannah sautait trois marches d'un coup en haletant et en essayant de ne pas perdre l'équilibre. Quand elle arriva à la porte qui donnait sur la partie arrière du jardin de Cravenmoore, ses chevilles et ses genoux étaient couverts de bleus, mais elle percevait à peine la douleur. L'adrénaline flambait telle une traînée de poudre dans ses veines et la poussait à poursuivre sa course. La porte de sortie, que l'on n'utilisait jamais, était close. Hannah défonça la vitre avec son coude et l'ouvrit de l'extérieur. Elle ne sentit pas l'entaille à son avant-bras avant d'être arrivée dans le jardin plongé dans le noir.

Elle courut jusqu'à la lisière du bois, l'air frais de la nuit caressant les vêtements trempés de sueur qui lui collaient à la peau. Avant de s'engager sur le sentier qui traversait le bois de Cravenmoore, Hannah se retourna vers la maison, s'attendant à voir son poursuivant traverser les ombres du jardin. Il n'y avait pas trace de l'apparition. Elle respira profondément. L'air froid lui brûlait la gorge et les poumons. Elle allait reprendre sa course, quand elle avisa une forme collée à la façade de Cravenmoore. Un visage émergea de la masse noire et l'ombre descendit le long du mur entre les gargouilles, telle une gigantesque araignée.

Hannah se lança dans le labyrinthe de ténèbres qui s'enfonçait dans le bois. La lune souriait maintenant entre les branches et teintait la brume de bleu. Le vent excitait les voix sifflantes de milliers de feuilles alentour. Les arbres attendaient son passage comme des spectres pétrifiés. Leurs bras lui tendaient un manteau aux griffes menaçantes. Et elle courut désespérément vers la lumière qui la guidait au bout de ce tunnel fantasmagorique, une porte sur la clarté qui paraissait s'éloigner à mesure qu'elle multipliait ses efforts pour la rejoindre.

Un terrible fracas retentit dans les bosquets. L'ombre traversait les broussailles, détruisant tout ce qui s'opposait à son passage, énorme tarière porteuse de mort se taillant un sentier vers elle. Un cri s'étrangla dans la gorge de la jeune fille. Les branches avaient ouvert des dizaines de coupures sur ses mains, ses bras et sa figure. La fatigue martelait son âme comme une massue qui brouillait ses sens et lui murmurait de céder à l'épuisement, de se laisser tomber et d'attendre... Mais elle devait continuer. Elle devait s'échapper de ce lieu. Quelques mètres encore, et elle atteindrait la route qui conduisait au village. Là, elle rencontrerait une voiture, quelqu'un qui la recueillerait et l'aiderait. Son salut n'était plus qu'une question de secondes, au-delà de la limite du bois.

Les phares lointains d'un véhicule longeant la plage de l'Anglais balayèrent les ténèbres. Hannah se redressa et cria au secours. Derrière elle, un tourbillon traversa les broussailles et monta entre les arbres. Elle leva les yeux vers la cime des branches qui voilaient la face de la lune. Elle eut le temps de laisser échapper un dernier gémissement. Lentement, l'ombre se déploya, puis, s'infiltrant dans le bois comme une pluie de goudron, elle s'abattit sur Hannah de toute sa hauteur. La jeune fille ferma les yeux et appela à son aide le visage de sa mère, souriante et volubile.

Puis elle sentit le souffle glacial de l'ombre sur sa figure.

# 5

# Un château dans la brume

Le voilier d'Ismaël se présenta à l'heure prévue, émergeant de la brume de chaleur qui caressait la surface de la baie. Irène et sa mère, tranquillement assises sous le porche devant un bol de café au lait, échangèrent un regard.

— Je n'ai pas besoin de te dire..., commença Simone.

— Non, répondit Irène, tu n'as pas besoin.

— À quand remonte notre dernière conversation à propos des hommes ?

— Je venais d'avoir sept ans et notre voisin Claude m'avait convaincue de lui donner ma jupe en échange de son pantalon.

— Quelle histoire !

— Il avait seulement cinq ans, maman !

— S'ils sont comme ça à cinq ans, imagine un peu comment ils sont à quinze.

— Seize, maman.

Simone soupira. Seize ans, mon Dieu ! Sa fille projetait de fuguer avec un vieux loup de mer.

— Dans ce cas, nous parlons d'un adulte.

— Il a juste un an et des poussières de plus que moi. Pour qui me prends-tu ?

— Tu es encore une gamine.

Irène sourit patiemment à sa mère. Simone n'avait aucun avenir dans la carrière d'adjudant.

— Rassure-toi, maman. Je sais ce que je fais.

— C'est bien ce qui m'inquiète.

Le voilier entra dans la crique. Ismaël les salua de loin. Simone observait le garçon, haussant un sourcil inquiet.

— Pourquoi ne monte-t-il pas pour que tu me le présentes ?

— Maman…

Simone soupira. De toute manière, elle savait que sa ruse était vouée à l'échec.

— Y a-t-il quelque chose que je devrais ajouter ? demanda-t-elle, vaincue.

Irène l'embrassa sur la joue.

— Souhaite-moi une belle journée.

Sans attendre la réponse, elle courut au débarcadère. Simone vit sa fille prendre la main de cet étranger (qui, à ses yeux soupçonneux, n'avait pas grand-chose d'un adolescent) et sauter à bord. Lorsque Irène se retourna pour lui faire signe, Simone se força à sourire et lui rendit son salut. Elle les regarda partir en direction de la baie sous un soleil resplendissant et rassurant. Sur la rampe du porche, une mouette, peut-être une autre mère angoissée, l'observait avec résignation.

— Ce n'est pas juste, dit-elle à la mouette. Quand ils naissent, personne n'est là pour nous expliquer qu'ils finiront par faire la même chose que nous à leur âge.

L'oiseau, indifférent à ces considérations, suivit

l'exemple d'Irène et s'envola. Simone sourit de sa propre naïveté et s'apprêta à retourner à Cravenmoore. Le travail guérit de tout, songea-t-elle.

Après quelques moments de navigation, le rivage ne fut plus qu'une ligne blanche tendue entre terre et ciel. Le vent d'est gonflait les voiles du *Kyaneos* et l'avant du bateau taillait sa route dans la nappe émeraude aux reflets cristallins à travers lesquels on pouvait distinguer le fond. Irène, qui n'avait pour unique expérience que la brève traversée précédente, contemplait, bouche bée, la fascinante beauté de la baie vue de cette nouvelle perspective. La Maison du Cap n'était qu'une entaille blanche dans les rochers, et les couleurs vives des façades du village tremblotaient dans les reflets qui montaient de la mer. Au loin, la queue d'une bourrasque fuyait vers l'horizon. Irène ferma les yeux et écouta les bruits de l'océan autour d'elle. Quand elle les rouvrit, rien n'avait changé. Tout était réel.

Après avoir pris le bon cap, Ismaël n'avait plus grand-chose à faire que d'admirer Irène qui semblait être sous l'effet d'un envoûtement marin. Suivant une méthodologie scientifique, il commença son observation par les chevilles blanches, puis remonta lentement et consciencieusement jusqu'à l'endroit où la jupe était censée dissimuler avec une rare impertinence la moitié des cuisses. Il procéda ensuite à l'agréable évaluation du torse svelte. Cet examen se prolongea un laps de temps indéfini jusqu'à ce que, inopinément, ses yeux se posent sur ceux d'Irène et qu'il se rende compte que son inspection n'était pas passée inaperçue.

— À quoi penses-tu ? demanda-t-elle.

— Au vent, mentit Ismaël, impavide. Il change et tourne au sud. C'est comme ça à l'époque des bourrasques. Je me disais que tu aimerais d'abord doubler le cap. La vue est spectaculaire.

— Quelle vue ? demanda Irène d'un air innocent.

Cette fois, pensa Ismaël, ça ne faisait pas de doute. La jeune fille se moquait de lui. Sans tenir compte de l'ironie de sa passagère, il engagea le voilier dans l'axe du courant qui longeait les récifs à un mille du cap. Dès qu'ils eurent doublé celui-ci, ils purent contempler l'immensité de la grande plage déserte et sauvage s'étendant jusqu'au Mont-Saint-Michel, qui se dessinait comme un château dans la brume.

— C'est la Baie noire, expliqua Ismaël. On l'appelle ainsi parce que ses eaux sont beaucoup plus profondes que celle de la Baie bleue, qui est en fait un banc de sable sous à peine sept ou huit mètres de profondeur. Comme une cale d'échouage.

Pour Irène, cette terminologie marine était du chinois, mais l'étrange beauté qui se dégageait du lieu la faisait frissonner. Elle repéra ce qui paraissait être une anfractuosité dans les rochers, comme la gueule d'un animal ouverte sur la mer.

— Ça, c'est la lagune, précisa Ismaël. C'est comme une cuvette ovale où le courant n'entre pas. Elle est reliée à la mer par une étroite passe. De l'autre côté, il y a la grotte des Chauves-Souris. Tu vois ce tunnel qui s'enfonce dans les rochers ? Il paraît qu'en 1746 une tempête y a drossé un galion de pirates. Les restes du navire et des pirates y sont toujours.

Irène lui adressa un coup d'œil sceptique. Il était

peut-être un bon capitaine, mais en matière de mensonges il n'était qu'un simple mousse.

— Tu m'y emmèneras ? demanda-t-elle en feignant de croire à l'absurde histoire du pirate fantôme.

Ismaël rougit légèrement. La question suggérait une suite. Un engagement. En un mot, un danger.

— Il y a des chauves-souris. De là son nom…, la prévint-il, incapable de trouver un argument plus dissuasif.

— J'adore les chauves-souris. Des petites souris volantes, affirma Irène, bien décidée à se moquer de lui.

— Quand tu voudras, acquiesça Ismaël, lâchant prise.

Irène lui sourit chaleureusement. Ce sourire le déstabilisait totalement. Pendant plusieurs secondes, il ne se rappela plus si le vent soufflait du nord et il confondit la quille avec le nom d'une pâtisserie. Et le pire était que la jeune fille avait l'air de s'en apercevoir. Il était temps de virer de bord. D'un coup de barre Ismaël fit pratiquement volte-face tandis que la grand-voile faseyait en faisant gîter le bateau au point qu'Irène sentit la surface de la mer lui caresser la peau. Une langue de froid. Elle cria et rit. Ismaël lui sourit. Il ne savait pas encore très bien ce qu'il lui trouvait, mais il était sûr d'une chose : il ne pouvait pas la quitter des yeux.

— Cap sur le phare, annonça-t-il.

Quelques secondes plus tard, chevauchant le courant, et la pression du vent dans leur dos, le *Kyaneos* fila comme une flèche au-delà des récifs. Ismaël sentit Irène lui prendre la main. Le voilier paraissait planer sans presque toucher l'eau. Un sillage d'écume blanche dessinait une guirlande derrière lui. Irène regarda Ismaël. Un instant, les yeux du garçon se perdirent dans les siens. Il lui enserra doucement les doigts. Jamais le monde n'avait été si loin.

Au milieu de la matinée, Simone Sauvelle passa la porte de la bibliothèque personnelle de Lazarus Jann, qui occupait une immense salle ovale au cœur de Cravenmoore. Un univers infini de livres montait en une spirale babylonienne vers une verrière teintée. Des milliers de mondes inconnus et mystérieux convergeaient vers cette insondable cathédrale de livres. Pendant quelques secondes, Simone contempla cette vision, bouche bée, le regard pris dans la brume évanescente qui montait en dansant vers la voûte. Les quelques secondes se transformèrent en presque deux minutes avant qu'elle ne s'aperçoive qu'elle n'était pas seule.

Un personnage vêtu d'un complet de bonne coupe occupait une table sous un rayon de lumière qui tombait verticalement de la verrière. En entendant ses pas, Lazarus se retourna et, fermant le livre qu'il consultait, un vieux volume d'aspect centenaire relié en cuir noir, lui sourit aimablement. Un sourire chaud et contagieux.

— Ah, madame Sauvelle ! s'exclama-t-il en se levant. Bienvenue dans mon modeste refuge.

— Je ne voulais pas vous déranger…

— Au contraire, je suis heureux que vous l'ayez fait. Je voulais vous parler d'une commande de livres que je veux faire à la maison Arthur Francher…

— Arthur Francher de Londres ?

Le visage de Lazarus s'illumina.

— Vous le connaissez ?

— Mon mari y achetait des livres lors de ses voyages là-bas. Burlington Arcade.

— Je savais, en vous choisissant pour ce poste, que je ne me trompais pas, dit Lazarus en rougissant. Que penseriez-vous d'en parler devant une tasse de café ?

Simone acquiesça timidement. Lazarus sourit de nouveau et remit le gros volume à sa place, parmi cent autres de ses pareils. En le regardant faire, Simone ne put s'empêcher de lire le titre gravé à la main sur le dos. Un seul mot, inconnu et impossible à identifier :

*Doppelgänger*

Peu avant midi, Irène distingua l'îlot du phare sur la proue du bateau. Ismaël décida de le contourner avant d'entreprendre les manœuvres d'approche et de s'amarrer dans une petite crique ménagée dans l'îlot, dont les rochers étaient peu accueillants. À ce moment, grâce aux explications d'Ismaël, Irène avait déjà fait beaucoup de progrès dans l'art de la navigation et la physique élémentaire du vent. De la sorte, suivant ses instructions, ils parvinrent à ne pas se laisser entraîner par le courant et à se glisser dans le passage entre les falaises qui menait au vieil embarcadère du phare.

L'îlot était tout juste un morceau de rocher désolé qui émergeait de la baie. Une importante colonie de mouettes y nichait. Certaines observaient les intrus avec curiosité. Les autres s'envolèrent. Au passage, Irène distingua d'anciennes baraques en bois rongées par des décennies de tempêtes et d'abandon.

Le phare était une mince tour couronnée de la

lanterne portant les feux qui se dressait au-dessus d'une petite maison sans étage, l'ancien logement du gardien.

— À part moi, il n'y a depuis des années que les mouettes et quelques crabes à venir ici, dit Ismaël.

— Tu oublies le fantôme du bateau pirate, se moqua Irène.

Le garçon conduisit le voilier jusqu'au petit quai et sauta à terre pour attacher l'avant par un filin. Irène suivit son exemple. Dès que le *Kyaneos* fut convenablement amarré, Ismaël prit les provisions que lui avait préparées sa tante, convaincue qu'on ne pouvait aborder une demoiselle le ventre vide et qu'il fallait prioritairement satisfaire les instincts vitaux.

— Viens. Si tu aimes les histoires de fantômes, ça va t'intéresser…

Il ouvrit la porte de la maison et fit signe à Irène de passer devant. Elle pénétra dans le vieux logis et eut l'impression de se retrouver vingt ans plus tôt. Tout était resté intact, dans la vapeur dégagée par des décennies d'humidité. Rien n'avait changé, livres, objets ou meubles, comme si un fantôme avait emporté le gardien la nuit précédente. Irène, fascinée, regarda Ismaël.

— Attends de voir le phare, dit-il.

Il lui prit la main et la conduisit vers l'escalier qui montait en spirale jusqu'à la tour. En envahissant ce lieu suspendu dans le temps, elle se sentait à la fois intruse et aventurière sur le point de découvrir un étrange mystère.

— Qu'est-il arrivé au gardien de phare ?

Ismaël prit son temps pour répondre.

— Une nuit, il est monté dans son bateau et a abandonné l'îlot. Il n'a même pas pris la peine d'emporter ses affaires.

— Pourquoi a-t-il fait ça ?

— Il ne l'a jamais dit, répondit Ismaël.

— Mais toi, pourquoi crois-tu qu'il l'a fait ?

— Il a eu peur.

Irène avala sa salive et jeta un coup d'œil derrière elle, s'attendant à se retrouver d'un moment à l'autre face à la femme noyée en train de gravir l'escalier en colimaçon tel un démon de lumière, tendant ses griffes vers elle, le visage blanc comme de la porcelaine et deux cernes noirs autour de ses yeux enflammés.

— Il n'y a personne ici, Irène. Rien que toi et moi.

Elle acquiesça sans beaucoup de conviction.

— Juste des mouettes et des crabes, hein ?

— Exact.

L'escalier débouchait sur la plate-forme, un balcon au-dessus de l'île d'où l'on pouvait embrasser toute la Baie bleue. Ils sortirent à l'extérieur. La brise fraîche et la lumière éblouissante chassaient tous les échos fantomatiques qu'évoquait l'intérieur du phare. Irène respira profondément et se laissa envoûter par cette vue que l'on ne pouvait avoir que de cet endroit.

— Merci de m'avoir emmenée ici, murmura-t-elle.

Ismaël acquiesça en détournant nerveusement la tête.

— Tu veux manger quelque chose ? Je meurs de faim, annonça-t-il.

Tous deux s'assirent au bord de la plate-forme, les jambes pendant dans le vide, et se mirent en devoir de régler leur compte aux provisions que cachait le panier. Ni l'un ni l'autre n'avait vraiment faim, mais manger gardait leurs mains et leur esprit occupés.

Au loin, La Baie bleue dormait sous le soleil, indifférente à ce qui se passait sur cet îlot à l'écart du monde.

Trois tasses de café et une éternité plus tard, Simone se trouvait toujours en compagnie de Lazarus, ignorant le passage du temps. Ce qui avait débuté comme une simple conversation amicale était devenu un long échange approfondi, à propos de livres, de voyages et de vieux souvenirs. Au bout de quelques heures à peine, elle avait l'impression de connaître Lazarus depuis toujours. Pour la première fois depuis des mois, elle s'était laissée aller à revivre douloureusement les derniers jours d'Armand et en éprouvait une sensation de soulagement qui n'avait rien de déplaisant. Lazarus écoutait en silence, attentif et respectueux. Il savait à quel moment il devait dévier la conversation ou au contraire donner libre cours à la mémoire.

Simone avait du mal à penser à Lazarus comme à son patron. À ses yeux, le fabricant de jouets ressemblait davantage à un ami, un bon ami. À mesure que l'après-midi avançait, elle comprenait, non sans des remords et une honte quasi enfantins, que cette étrange communion aurait pu être le germe d'autre chose. L'ombre de son veuvage et les souvenirs flottaient en elle comme la trace d'une tempête ; de la même manière que la présence invisible de l'épouse malade de Lazarus imprégnait l'atmosphère de Cravenmoore. Témoins invisibles dans les coulisses.

Quelques heures de simple conversation lui avaient suffi pour lire sur le visage du fabricant de jouets que des pensées identiques rôdaient dans son esprit. Mais elle lut également que sa fidélité à sa femme resterait éternelle et que l'avenir ne leur réservait rien de plus que la perspective d'une amitié. Une profonde amitié. Un pont invisible s'était tendu entre deux mondes qui se savaient séparés par un océan de souvenirs.

Une lumière dorée annonçant le crépuscule inonda le bureau de Lazarus et déploya entre eux un filet de reflets dorés. Lazarus et Simone s'observèrent en silence.

— Puis-je vous poser une question personnelle, Lazarus ?

— Naturellement.

— Pour quelle raison êtes-vous devenu fabricant de jouets ? Mon défunt mari était ingénieur, et d'un certain talent. Mais votre travail à vous démontre un talent réellement révolutionnaire. Et je n'exagère pas : vous le savez mieux que moi. Pourquoi des jouets ?

Lazarus sourit en silence.

— Vous n'êtes pas obligé de répondre, ajouta Simone.

— C'est une longue histoire, commença-t-il. Quand je n'étais encore qu'un enfant, ma famille habitait dans le vieux quartier parisien des Gobelins. Vous le connaissez certainement : un quartier pauvre et rempli de vieilles constructions sombres et insalubres. Une concentration fantomatique et grise de rues étroites et misérables. À l'époque, d'ailleurs, la situation était encore plus mauvaise que ce dont vous pouvez vous souvenir. Nous habitions un minuscule appartement dans un vieil immeuble de la rue des Gobelins. Une partie de la façade avait été étayée, du fait des menaces d'effondrement, mais aucune des familles qui logeaient là n'était en condition de déménager pour un autre endroit, plus acceptable, du quartier. Comment nous parvenions à tous tenir là-dedans, mes trois frères et sœurs, mes parents et l'oncle Luc, ça reste encore pour moi un mystère. Mais je m'éloigne de votre question…

» J'étais un enfant solitaire. Je l'ai toujours été. La plupart des garçons de la rue s'intércssaient à des choses que je trouvais ennuyeuses. En revanche, ce qui m'intéressait n'éveillait la curiosité de personne de ma connaissance. J'avais appris à lire : un miracle ; et presque tous mes amis étaient des livres. Ma mère aurait pu s'en inquiéter s'il n'y avait pas eu chez nous des problèmes autrement préoccupants. Ma mère a toujours cru que l'idéal d'un enfant sain était de courir dans les rues en imitant les faits et gestes de ceux qui l'entouraient.

» Mon père, lui, se bornait à attendre que sa progéniture atteigne l'âge requis pour apporter un salaire à la famille.

» D'autres n'avaient même pas cette chance. Dans notre escalier habitait un garçon de mon âge qui s'appelait Jean Neville. Jean et sa mère, veuve, vivaient reclus dans un minuscule logement du rez-de-chaussée, près de l'entrée. Le père était mort quelques années auparavant d'une maladie contractée dans la fabrique de faïences où il avait travaillé toute son existence. C'était de toute évidence banal. Tout cela je l'ai su car, avec le temps, j'ai fini par devenir le seul ami du petit Jean dans le quartier. Sa mère, Anne, ne le laissait pas sortir de l'immeuble ou de la cour. La maison était sa prison.

» Huit ans plus tôt, Anne Neville avait mis au monde des jumeaux dans l'ancien hôpital Saint-

Christian, à Montparnasse. Jean et Joseph. Joseph était arrivé mort-né. Au cours des huit années suivantes, Jean avait appris à vivre dans la culpabilité d'avoir tué son frère à sa naissance. Du moins le croyait-il. Anne se chargeait de lui rappeler quotidiennement que son frère n'avait pas vécu à cause de lui ; que s'il n'avait pas fait ça, un merveilleux enfant occuperait aujourd'hui sa place. Rien de ce qu'il pouvait faire ou dire ne parvenait à lui gagner l'affection de sa mère.

» En public, bien entendu, Anne Neville dispensait à son fils toutes les marques habituelles de tendresse. Mais dans la solitude de leur logement, la réalité était autre. Elle le lui répétait inlassablement : Jean était un bon à rien. Un fainéant. Ses résultats à l'école étaient lamentables. Ses qualités plus que douteuses. Ses mouvements maladroits. Son existence, en résumé, une malédiction. Joseph, lui, aurait été un enfant adorable, studieux, affectueux… tout ce qu'il ne pourrait jamais être.

» Le petit Jean n'avait pas tardé à comprendre que c'était lui qui aurait dû mourir dans cette sombre chambre d'hôpital, huit ans plus tôt. Il occupait la place d'un autre… Tous les jouets qu'Anne gardait depuis des années pour son futur enfant avaient été jetés dans la chaudière la semaine suivant le retour de l'hôpital. Jean n'avait jamais eu un jouet. Ça lui était interdit. Il ne les méritait pas.

» Une nuit, le garçon s'est réveillé d'un cauchemar en hurlant. Sa mère est venue à son chevet et lui a demandé ce qu'il avait. Terrorisé, il a avoué qu'il avait rêvé qu'une ombre, un esprit malfaisant, le poursuivait dans un souterrain sans fin. La réponse d'Anne a été claire. C'était un signe. L'ombre dont il avait rêvé était le reflet de son frère mort, qui réclamait vengeance. Il devait faire un effort pour être un meilleur fils, obéir en tout à sa mère, ne jamais lui poser une question sur ses paroles ou ses actions. Sinon, l'ombre prendrait vie et reviendrait pour l'emporter en enfer. Sur ces mots, Anne a conduit son fils dans la cave de l'immeuble, où elle l'a laissé dans le noir pendant douze heures, afin qu'il médite sur les propos de sa mère. Ce n'était que le premier de ses emprisonnements.

» Un an après, quand, un soir, le petit Jean m'a raconté tout cela, un sentiment d'horreur m'a envahi. Je souhaitais aider l'enfant, le réconforter et compenser un peu la misère dans laquelle il vivait. Le seul moyen de le faire qui m'est venu à l'esprit a été de réunir tous les sous que je mettais dans ma tirelire depuis des mois et d'aller à la boutique de jouets de M. Giradot. Mon budget n'allait pas loin, et j'ai seulement pu acquérir un vieux pantin, un ange en carton qu'on manipulait à l'aide de fils. Je l'ai enveloppé dans du papier d'argent et, le lendemain, j'ai attendu qu'Anne Neville sorte pour faire ses courses. Jean a ouvert et je lui ai donné le paquet. Je lui ai dit que c'était un cadeau et suis reparti.

» Je ne l'ai pas revu pendant trois semaines. Je supposais que Jean profitait de mon cadeau, tout en sachant, quant à moi, qu'il me faudrait beaucoup de temps pour que je puisse à nouveau profiter de mes économies. J'ai appris plus tard que l'ange en tissu et en carton avait vécu à peine un jour. Anne l'a trouvé et l'a brûlé. Quand elle lui a demandé d'où il le tenait, Jean, qui ne voulait pas m'impliquer, a répondu qu'il l'avait fabriqué lui-même.

» Puis, un jour, la punition a été beaucoup plus

terrible. Anne, hors d'elle, a emmené son enfant dans la cave en lui disant que, cette fois, l'ombre viendrait et l'emporterait pour toujours.

» Jean Neville y a passé une semaine entière. Sa mère s'est trouvée impliquée dans une altercation sur le carreau des Halles et la police l'a enfermée, avec d'autres, au poste du quartier. Finalement relâchée, elle a erré dans les rues pendant plusieurs jours.

» À son retour, elle a trouvé le logis vide et la porte de la cave barricadée. Des voisins l'ont aidée à l'enfoncer. La cave était déserte. Il n'y avait nulle part de trace de Jean…

Lazarus marqua une pause. Simone resta silencieuse, attendant que le fabricant de jouets termine son récit.

— Personne dans le quartier n'a revu Jean Neville. La plupart de ceux qui ont eu connaissance de l'histoire ont supposé que le garçon s'était enfui par un soupirail et avait mis toute la distance possible entre sa mère et lui. Je suppose que c'est ce qui s'est passé, bien que, si vous aviez questionné sa mère, qui a passé des semaines, des mois à pleurer, inconsolable, la disparition de son enfant, je suis sûr qu'elle vous aurait répondu que l'ombre l'avait emporté… Je vous ai dit tout à l'heure que j'ai été probablement le seul ami de Jean Neville. Il serait plus juste de dire que c'est le contraire. Il a été mon seul ami. Des années plus tard, je me suis promis que si j'en avais le pouvoir, aucun enfant ne resterait privé d'un jouet. Aucun enfant ne vivrait plus le cauchemar qui a tourmenté l'enfance de mon ami Jean. Aujourd'hui encore, je me demande où il peut être, s'il est encore en vie. Je suppose que ça vous paraîtra une explication quelque peu étonnante…

— Pas du tout, répondit-elle, le visage caché dans l'ombre.

Elle revint dans la lumière et arbora un large sourire.

— Il se fait tard, dit doucement le fabricant de jouets. Je dois me rendre auprès de ma femme.

Simone acquiesça.

— Merci pour votre compagnie, madame Sauvelle, dit Lazarus avant de quitter silencieusement la pièce.

Elle le regarda partir et respira profondément. La solitude créait d'étranges labyrinthes.

Le soleil commençait à décliner sur la baie et les lentilles du phare renvoyaient sur les vagues des éclats couleur ambre et écarlate. La brise avait fraîchi et le ciel se teintait d'un bleu clair traversé de quelques nuages qui voyageaient, perdus, comme des zeppelins de coton blanc. Irène reposait légèrement appuyée sur l'épaule d'Ismaël, silencieuse.

Le garçon fit en sorte de l'entourer lentement de ses bras. Elle leva les yeux. Ses lèvres entrouvertes tremblaient imperceptiblement. Ismaël éprouva comme un picotement dans l'estomac et entendit un curieux martèlement dans ses oreilles. C'était son cœur qui battait très vite. Tout doucement, timidement, leurs lèvres se rapprochèrent. Irène ferma les yeux. Maintenant ou jamais, murmurait une voix dans la tête d'Ismaël. Le garçon décida que c'était maintenant, et sa bouche vint caresser celle d'Irène. Les dix secondes suivantes durèrent dix ans.

Plus tard, quand ils sentirent tous les deux qu'il

n'existait plus de frontière entre eux, que chaque regard, chaque geste était une parole d'une langue qu'eux seuls pouvaient comprendre, Irène et Ismaël demeurèrent enlacés en silence en haut du phare. Si cela n'avait dépendu que d'eux, ils seraient restés là jusqu'au jour du Jugement dernier.

— Où aimerais-tu être dans dix ans ? demanda soudain Irène.

Ismaël réfléchit longuement avant de répondre. Ce n'était pas facile.

— Drôle de question ! Je ne sais pas.

— Qu'est-ce que tu aimerais faire ? Prendre la relève de ton oncle sur son bateau ?

— Je ne crois pas que ça serait une bonne idée.

— Quoi, alors ?

— Je ne sais pas, je suppose que c'est une bêtise…

— Qu'est-ce qui est une bêtise ?

Ismaël resta plongé dans un long silence. Irène attendit patiemment.

— Des séries pour la radio. J'aimerais écrire des feuilletons pour la radio, lâcha-t-il finalement.

Il avait enfin réussi à le dire.

Irène sourit. Une fois encore, ce sourire indéfinissable et mystérieux.

— Quel genre de feuilletons ?

Ismaël l'observa prudemment. Il ne l'avait jamais avoué à quiconque et se sentait sur un terrain mouvant. Mieux valait peut-être revenir au bateau et rentrer au port.

— De mystère, se décida-t-il à répondre d'une voix hésitante.

— Je pensais que tu ne croyais pas aux mystères.

— Pas besoin d'y croire pour écrire sur eux. Depuis longtemps, je collectionne les articles sur un individu qui fait des feuilletons radiophoniques. Il s'appelle Orson Welles. Je pourrais peut-être essayer de travailler avec lui…

— Orson Welles ? Je n'ai jamais entendu parler de lui, mais je suppose que ce n'est pas le genre de personne très accessible. Tu as déjà une idée ?

Il eut un vague geste de confirmation.

— Mais tu dois me jurer que tu ne le répéteras à personne.

La jeune fille leva solennellement la main. Le comportement d'Ismaël lui semblait enfantin, mais il l'intriguait.

— Suis-moi.

Il la ramena dans le logement du gardien. Une fois là, il alla vers un coffre posé dans un coin et l'ouvrit. Ses yeux brillaient d'excitation.

— La première fois que je suis venu, j'ai plongé, et j'ai découvert l'épave du bateau dont on suppose qu'il est celui de la femme qui s'est noyée il y a vingt ans. Tu te souviens de l'histoire que je t'ai racontée ?

— Les lumières de septembre. La dame mystérieuse disparue dans la tempête…, récita Irène.

— C'est ça. Devine ce que j'ai trouvé dans les restes du bateau ?

— Quoi donc ?

Ismaël introduisit les mains dans le coffre et en sortit un petit livre relié en cuir, protégé par une sorte de boîte métallique pas plus grande qu'un étui à cigarettes.

— L'eau a effacé certaines pages, mais il reste encore des fragments lisibles.
— Un livre ? demanda Irène, intriguée.
— Pas n'importe quel livre, précisa-t-il. C'est un journal. Son journal.

Le *Kyaneos* reprit la mer pour la Maison du Cap peu avant le crépuscule. Un champ étoilé s'étendait sur le manteau bleu qui couvrait la baie, et la sphère sanglante du soleil s'enfonçait lentement derrière l'horizon comme un disque de métal incandescent. Irène observait en silence Ismaël barrer le bateau. Le garçon lui sourit et continua de surveiller les voiles, attentif à la direction du vent qui se levait à l'ouest.

Avant lui, Irène avait embrassé deux garçons. Le premier, le frère d'une amie de collège, avait davantage été un essai qu'autre chose. Elle voulait savoir ce qu'on ressentait. Ça ne lui avait pas paru convaincant. Le second, Gérard, était plus apeuré qu'elle, et l'expérience n'avait pas dissipé ses soupçons quant à l'intérêt de la chose. Embrasser Ismaël avait été différent. Elle avait senti comme un courant électrique parcourir son corps quand leurs lèvres s'étaient jointes. Son toucher était différent. Son odeur était différente. Tout chez lui était différent.

— À quoi penses-tu ?

Cette fois, c'était Ismaël qui posait la question, intrigué par son visage songeur.

Elle eut une expression énigmatique en levant un sourcil.

Il haussa les épaules et continua de barrer le voilier en direction du cap. Une bande d'oiseaux les escorta jusqu'à l'embarcadère entre les falaises. Les lumières de la maison dessinaient des taches dansantes sur la petite crique. Au loin les reflets du village traçaient une traînée d'étoiles sur la mer.

— Il fait nuit, maintenant, observa Irène avec une certaine inquiétude. Tu es sûr que tu ne risques rien ?

Ismaël sourit.

— Le *Kyaneos* connaît la route par cœur. Je ne risque rien.

Le voilier se rangea en douceur le long du petit quai. Les cris des oiseaux dans les falaises formaient un écho lointain. Une frange de bleu sombre couronnait maintenant la ligne incandescente du crépuscule sur l'horizon, et la lune souriait entre les nuages.

— Eh, bien… il se fait tard, commença Irène.

— Oui…

Elle sauta à terre.

— J'emporte le journal. Je te promets d'en prendre soin.

À son tour, Ismaël confirma son accord. Irène laissa échapper un petit rire nerveux.

— Bonne nuit.

Ils se regardèrent dans la pénombre.

— Bonne nuit, Irène.

Ismaël largua les amarres.

— J'avais pensé aller demain à la lagune. Si tu as envie de venir…

Elle fit signe que oui. Le courant emportait le voilier.

— Je viendrai te chercher ici…

La silhouette du *Kyaneos* s'évanouit dans l'obscurité. Irène resta sur place pour le regarder partir jusqu'à ce que la nuit l'avale définitivement. Puis, planant à quelques centimètres au-dessus du sol, elle se hâta de gagner la Maison du Cap. Sa mère l'attendait sous le porche, assise dans l'obscurité. Pas besoin d'être diplômée ès sciences optiques pour deviner ce qu'elle avait vu et entendu, c'est-à-dire l'épisode entier du débarcadère.

— Comment s'est passée la journée ? demanda-t-elle.

Irène avala sa salive. Sa mère sourit malicieusement.

— Tu peux me raconter.

Irène s'assit à côté de sa mère et se laissa aller dans ses bras.

— Et toi ? rétorqua-t-elle. Comment s'est passée la tienne ?

Simone poussa un soupir en se rappelant l'après-midi en compagnie de Lazarus.

Elle étreignit sa fille en silence et sourit intérieurement.

— Une journée étrange, Irène. Je suppose que je vieillis.

— Quelle bêtise.

La fille regarda sa mère dans les yeux.

— Quelque chose ne va pas, maman ?

Simone eut un faible sourire et fit non en silence.

— Je pense tout le temps à ton père, finit-elle par répondre, pendant qu'une larme glissait sur sa joue jusqu'à ses lèvres.

— Papa n'est plus là. Tu dois le laisser partir.

— Je ne sais pas si je veux qu'il parte.

Irène la serra à son tour dans ses bras et entendit Simone pleurer à chaudes larmes dans le noir.

## 6

# Le journal d'Alma Maltisse

Le lendemain, le jour se leva dans un manteau de brume. Les premières lueurs de l'aube surprirent Irène encore plongée dans la lecture du journal qu'Ismaël lui avait confié. Ce qui n'était au début que simple curiosité s'était amplifié au fil de la nuit pour devenir une obsession. Dès la première ligne, brouillée par le temps, l'écriture de cette dame mystérieuse disparue dans les eaux de la baie s'était révélée comme des hiéroglyphes qui l'hypnotisaient, une énigme sans solution qui lui avait ôté toute velléité de dormir.

... *Aujourd'hui, j'ai vu pour la première fois le visage de l'ombre. Elle m'observait en silence dans l'obscurité, aux aguets, immobile. Je sais parfaitement ce qu'elle avait dans les yeux, cette force qui la maintient vivante : la haine. J'ai senti sa présence et j'ai compris que, tôt ou tard, nos jours ici se transformeront en cauchemar. Je prends maintenant conscience de toute l'aide dont il a besoin et que, quoi qu'il arrive, je ne peux pas le laisser seul...*

Page après page, la voix lointaine de cette femme lui chuchotait des confidences, des secrets qui étaient demeurés au fond de la mer, oubliés depuis des années. Six heures après avoir commencé la lecture du journal, la dame inconnue s'était transformée en une sorte d'amie invisible dont la voix s'était perdue dans la brume, et qui, faute d'autre consolation, l'avait choisie, elle, Irène, pour être la dépositaire de ses secrets, de sa mémoire et de l'énigme qui devait la conduire à la mort dans les eaux glacées de l'îlot du phare par une nuit de septembre.

*... C'est arrivé de nouveau. Cette fois, ce sont mes vêtements. Ce matin, en allant dans la garde-robe, j'ai trouvé la porte de mon armoire ouverte et tous mes vêtements, ceux qu'il m'a offerts pendant des années, en loques, déchiquetés comme si les lames de cent couteaux s'y étaient attaquées. La semaine dernière, c'était ma bague de fiançailles. Je l'ai trouvée par terre, déformée et écrasée. D'autres bijoux ont disparu. Les miroirs de ma chambre sont rayés. Chaque jour sa présence est plus forte et sa rage plus palpable. Bientôt ses attaques cesseront de concerner mes affaires et se concentreront sur moi : c'est seulement une question de temps. C'est moi qu'elle veut voir morte. L'une de nous est de trop ici...*

Quand Irène en fut à la dernière page du journal, l'aube venait d'étendre une tapisserie couleur de cuivre sur l'océan. Pendant un instant, elle songea qu'elle n'avait jamais su tant de choses à propos d'une personne qui lui était étrangère. Nul, pas même sa propre mère, n'avait dévoilé devant elle tous les secrets de son cœur avec la sincérité de ce journal qui mettait à nu les pensées de cette femme dont, ironiquement, elle ignorait tout. Une femme morte des années avant sa naissance.

*... Je n'ai personne à qui parler, personne à qui confesser l'horreur qui envahit mon âme jour après jour. Parfois je voudrais revenir en arrière, remonter le temps. C'est alors que je comprends que ma peur et ma tristesse ne peuvent être comparées aux siennes, qu'il a besoin de moi et que, sans moi, sa flamme s'éteindrait pour toujours. Je demande seulement à Dieu de nous donner la force de survivre, de fuir loin de cette ombre qui se referme sur nous. Chaque ligne que j'écris dans ce journal me paraît être la dernière.*

Pour une raison inexplicable, Irène découvrit qu'elle avait envie de pleurer. Silencieusement, elle versa des larmes en souvenir de cette dame invisible dont le journal avait allumé une lumière en elle. Quant à l'identité de l'auteur, tout ce que le journal indiquait était deux mots écrits au dos de la première page :

*Alma Maltisse*

Peu après, Irène vit la voile du *Kyaneos* déchirer la brume devant la Maison du Cap. Elle prit le journal et, presque sur la pointe des pieds, elle se dirigea vers son nouveau rendez-vous avec Ismaël.

Quelques minutes seulement suffirent au bateau pour se frayer une route dans le courant qui battait la pointe du cap, et il entra dans la Baie noire. La lumière du matin sculptait des formes sur les parois des falaises qui composent une bonne part dc la côte normande, murailles de pierre affrontant l'océan. Les reflets du soleil dessinaient des éclats aveuglants d'écume et d'argent en fusion. Le vent du nord poussait le voilier avec force, la quille fendant la surface comme une dague. Pour Ismaël, ce n'était là que simple routine ; pour Irène, les Mille et Une Nuits.

Aux yeux d'un marin novice comme elle, ce spectacle débordant de lumière et d'eau portait la promesse invisible de mille aventures et d'autant de mystères qui attendaient d'être découverts à la faveur de la mer. À la barre, Ismaël, un sourire inhabituel aux lèvres, dirigeait le bateau vers la lagune. Irène, victime reconnaissante de l'enchantement de l'océan, poursuivit le récit de tout ce qu'elle avait compris après sa première lecture du journal d'Alma Maltisse.

— Évidemment, elle écrivait pour elle seule. C'est curieux qu'elle ne désigne jamais personne par son nom. C'est comme un récit concernant des gens invisibles.

— Il est impénétrable, affirma Ismaël, qui avait depuis longtemps conclu à l'impossibilité de lire le journal.

— Pas du tout, objecta Irène. Seulement, pour le comprendre, il faut être une femme.

Les lèvres d'Ismaël semblèrent sur le point de répliquer au jugement sévère de sa coéquipière, mais, pour une raison inconnue, il garda sa pensée pour lui.

Bientôt, le vent arrière les conduisit jusqu'à l'entrée de la lagune. Une étroite passe entre les rochers formait comme l'embouchure d'un port naturel. Les eaux de la lagune, de trois ou quatre mètres à peine de profondeur, étaient un jardin d'émeraudes transparentes, et le fond de sable scintillait comme un voile de gaze blanche sous leurs pieds. Irène contempla, fascinée, la magie que l'arc de la lagune gardait en son sein. Un banc de poissons dansait sous la coque du *Kyaneos*, brillant par intermittence telles des flèches d'argent.

— C'est incroyable, balbutia Irène.

— C'est la lagune, confirma Ismaël, plus prosaïque.

Puis, profitant de ce qu'elle restait sous le charme de sa première visite en ce lieu, il serra les voiles et affermit l'ancrage du bateau. Le *Kyaneos* se balança mollement, comme une feuille à la surface d'un étang.

— Bien. Tu veux toujours voir la grotte ?

Pour toute réponse, Irène lui adressa un sourire de défi et, sans écarter les yeux des siens, elle enleva lentement ses vêtements. Les pupilles d'Ismaël s'agrandirent pour acquérir la taille de soucoupes. Son imagination n'avait pas anticipé pareil spectacle. Irène, moulée dans un costume de bain si réduit que jamais sa mère n'aurait accepté de lui donner ce nom, continua de sourire face à lui. Après l'avoir écrasé pendant quelques secondes avec cette vision, juste ce qu'il fallait pour ne pas le laisser s'y habituer, elle sauta à l'eau et s'enfonça sous la nappe de reflets ondoyants. Ismaël resta sans voix. Soit il était trop lent, soit cette fille était trop rapide pour lui. Sans plus réfléchir, il sauta derrière elle. Il avait bien besoin d'un bain.

Ils nagèrent vers l'entrée de la grotte des Chauves-Souris. La galerie s'enfonçait sous terre comme une cathédrale taillée dans la roche. Un léger courant coulait de l'intérieur et caressait la peau. La caverne marine formait une voûte, couronnée de cent longues pointes de rochers suspendues dans le vide comme des larmes de glace pétrifiée. Les reflets de l'eau laissaient voir mille et une failles dans la pierre, et le fond de sable revêtait une phosphorescence fantomatique qui déroulait un tapis de lumière vers l'intérieur.

Irène plongea et ouvrit les yeux dans l'eau. Un monde de scintillements évanesccnts dansait lentement devant elle, peuplé de créatures étranges et fascinantes. Des petits poissons dont les écailles changeaient de couleur suivant l'orientation de la lumière. Des plantes irisées sur les rochers. De minuscules crabes courant sur les sables sous-marins. Elle admira la faune qui peuplait la caverne jusqu'à ce que l'air lui manque.

— Si tu continues comme ça, il va te pousser une queue de poisson, comme les sirènes, dit Ismaël.

Elle lui fit un clin d'œil et lui envoya un baiser sous la faible clarté de la grotte.

— Mais je suis une sirène, murmura-t-elle en pénétrant plus avant.

Ismaël échangea un regard avec un crabe stoïque qui le scrutait, bien installé sur le mur de rochers, et qui paraissait habité d'une curiosité anthropologique pour ce spectacle. L'expression sagace du crustacée ne lui laissa aucun doute. On se moquait encore une fois de lui.

Un jour complet d'absence, pensa Simone. Cela faisait des heures qu'Hannah n'était pas apparue et n'avait pas donné de ses nouvelles. Simone se demanda si elle avait affaire à un problème de simple discipline. Elle pria pour qu'il en soit ainsi. Elle avait passé le dimanche à attendre, en songeant qu'elle aurait peut-être dû aller se renseigner chez la jeune fille. Une légère indisposition. N'importe quelle explication aurait suffi. Après trois heures d'attente supplémentaire, elle décida de prendre le problème à bras-le-corps. Elle s'apprêtait à décrocher le téléphone pour appeler chez Hannah, quand la sonnerie de celui-ci la devança. La voix, à l'autre bout du fil, lui était inconnue, et la manière dont son propriétaire se présenta n'était pas faite pour la rassurer.

— Bonjour, madame Sauvelle. Mon nom est Henri Faure. Je suis l'adjudant-chef de la gendarmerie de La Baie bleue, annonça-t-il, sur un ton où chaque mot pesait plus lourd que le précédent.

Un silence tendu suivit.

— Madame ? s'enquit le gendarme.

— Je vous écoute.

— Ce n'est pas facile à dire...

Dorian avait terminé sa journée de messager. Il avait fait toutes les commissions dont Simone l'avait chargé, et la perspective d'une fin d'après-midi libre s'annonçait prometteuse et rafraîchissante. Quand il arriva à la Maison du Cap, Simone n'était pas encore rentrée de Cravenmoore et sa sœur Irène devait se balader quelque part avec cette espèce d'amoureux qu'elle s'était dégotée. Après avoir avalé à la file plusieurs verres de lait frais, l'étrange sensation que lui donnait cette maison vide de femmes le déconcerta. On finissait par s'habituer si fort à elles qu'en leur absence le silence se faisait vaguement inquiétant.

Profitant de ce qu'il avait encore quelques heures de lumière devant lui, Dorian décida d'explorer le bois de Cravenmoore. En plein jour et comme l'avait prédit Simone, les silhouettes sinistres n'étaient plus que des arbres, des taillis et des buissons. Avec cette idée en tête, le garçon se dirigea vers le cœur du bois dense et labyrinthique qui s'étendait de la Maison du Cap à la résidence de Lazarus Jann.

Après dix minutes de marche sans but bien précis, il aperçut pour la première fois des empreintes qui, partant des falaises, s'enfonçaient dans l'épaisseur du bois et, inexplicablement, disparaissaient à l'entrée d'une clairière. Il s'agenouilla et tâta ces traces, qui étaient plutôt des marques confuses fortement imprimées dans le sol. Celui, quel qu'il soit, qui les avait laissées devait peser extrêmement lourd. Dorian étudia de nouveau le dernier tronçon des empreintes jusqu'à l'endroit où elles disparaissaient. S'il devait en croire ces indices, celui qui les avait faites avait arrêté de marcher en ce point précis et s'était évaporé.

Il leva les yeux et observa les alternances d'éclaircies et d'ombres tissées dans la cime des arbres de Cravenmoore. Un oiseau de Lazarus passa entre les branches. Le garçon ne put éviter un frisson. Il n'y avait donc aucun animal vivant dans ce bois ? La seule présence tangible était celle d'êtres mécaniques qui apparaissaient et disparaissaient sans que l'on puisse jamais imaginer d'où ils venaient et où ils allaient. Ses yeux continuèrent de scruter l'enchevêtrement du bois et découvrirent une profonde entaille sur un arbre voisin. Il s'approcha du tronc et l'examina. Quelque chose ou quelqu'un avait ouvert dedans une énorme blessure. Des lacérations similaires jalonnaient le tronc jusqu'à son faîte. Le garçon sentit sa gorge se serrer et décida de filer au plus vite.

Ismaël guida Irène vers un rocher plat qui émergeait légèrement au milieu de la grotte, et tous deux s'étendirent dessus pour reprendre leur souffle. La lumière qui pénétrait par l'entrée de la caverne se réverbérait à l'intérieur en traçant une étrange danse d'ombres sur la voûte et les parois. À cet endroit, l'eau paraissait plus chaude qu'en pleine mer et diffusait une faible vapeur.

— Est-ce qu'il y a d'autres accès à la grotte ? demanda Irène.

— Il y en a un autre, mais il est dangereux. Le seul moyen sûr d'entrer et de sortir est par la mer, depuis la lagune.

La fille admira le spectacle des profondeurs de la grotte tel que l'éclairait la lumière évanescente. Ce lieu distillait une atmosphère enveloppante et hypnotique. Pendant quelques secondes, elle se crut à l'intérieur d'un palais taillé dans la roche, un lieu de légende qui ne pouvait exister qu'en rêve.

— C'est magique, dit-elle.

Ismaël acquiesça.

— Parfois, je viens ici et je passe des heures assis sur un rocher à suivre les changements de couleur de la lumière sous l'eau. C'est mon havre de paix...

— Loin du monde, c'est ça ?

— Aussi loin qu'on peut l'imaginer.

— Tu n'aimes pas beaucoup les gens, hein ?

— Ça dépend lesquels, répondit le garçon, un sourire aux lèvres.

— C'est un compliment ?

— Peut-être.

Il détourna les yeux et inspecta l'entrée de la grotte.

— Il vaut mieux partir, maintenant. La marée ne va pas tarder à monter.

— Et alors ?

— Alors, quand la marée monte, les courants s'engouffrent à l'intérieur et la caverne se remplit d'eau jusqu'au plafond. C'est un piège mortel. On peut rester coincé et mourir noyé comme un rat.

Soudain, la magie du lieu devint menaçante. Irène imagina la grotte en train de se remplir d'eau glacée, sans possibilité de s'échapper.

— Ce n'est pas pour tout de suite, précisa Ismaël.

Irène, sans plus réfléchir, nagea vers la sortie et ne s'arrêta que lorsqu'elle vit de nouveau le soleil lui sourire. Ismaël l'observa nager à toute allure et imita le soleil : cette fille avait du tempérament.

Le trajet du retour se fit en silence. Les pages du journal intime résonnaient dans l'esprit d'Irène comme un écho qui refusait de disparaître. Un épais banc de nuages avait couvert le ciel et le soleil s'était caché, ce qui donnait à la mer un ton plombé et métallique. Le vent avait fraîchi, et Irène remit sa robe. Cette fois, Ismaël la regarda à peine, preuve que le garçon était perdu dans ses pensées, impossibles à deviner.

Le *Kyaneos* doubla le cap au milieu de l'après-midi et se dirigea vers la maison des Sauvelle, tandis que l'îlot du phare s'enfonçait dans la brume. Ismaël guida le voilier jusqu'à l'embarcadère et effectua les manœuvres d'amarrage avec son adresse habituelle, mais l'on eût cru que son esprit était à des milles de là.

Lorsque fut venu le moment des adieux, Irène prit sa main.

— Merci de m'avoir emmenée à la grotte, dit-elle en sautant à terre.

— Tu me remercies toujours sans que je sache pourquoi. Merci à toi d'être venue.

Irène brûlait du désir de lui demander quand ils se reverraient, mais, une fois de plus, son instinct lui souffla de garder le silence. Ismaël libéra le filin de la proue et le *Kyaneos* s'éloigna dans le courant.

Tout en le regardant prendre le large, Irène s'arrêta sur une marche de l'escalier dans la falaise. Un vol de mouettes escortait le bateau qui regagnait le port. Au-delà, dans les nuages, la lune tendait un pont d'argent sur la mer, guidant le voilier.

Elle monta l'escalier de pierre, avec sur les lèvres un sourire que nul ne pouvait voir. Ah, que ce garçon lui plaisait !

Dès qu'elle entra dans la maison, Irène comprit que quelque chose n'allait pas. Tout était trop en ordre, trop tranquille, trop silencieux. Les lampes du rez-de-chaussée baignaient dans la pénombre bleutée de cette après-midi nuageuse. Dorian, assis dans un fauteuil, contemplait les flammes de la cheminée en silence. Simone, tournant le dos à la porte, observait la mer de la fenêtre de la cuisine, une tasse de café froid à la main. Le seul son était le murmure du vent caressant les girouettes du toit.

Dorian et sa sœur échangèrent un coup d'œil. Irène s'approcha de sa mère et posa une main sur son épaule. Simone Sauvelle se retourna. Il y avait des larmes dans ses yeux.

— Que s'est-il passé, maman ?

Sa mère la prit dans ses bras. Irène serra ses mains dans les siennes. Elles étaient glacées. Elles tremblaient.

— C'est Hannah, murmura Simone.

Un long silence. Le vent griffa les volets de la Maison du Cap.

— Elle est morte, lâcha-t-elle.

Lentement, comme un château de cartes, le monde s'écroula autour d'Irène.

# 7

## Un chemin d'ombres

La route qui longeait la plage de l'Anglais reflétait les teintes du crépuscule et tendait un serpentin écarlate jusqu'au village. Irène, pédalant sur la bicyclette de son frère, se retourna pour regarder la Maison du Cap. Les paroles de Simone et l'horreur qu'elle avait manifestée en la voyant quitter précipitamment la maison à la tombée de la nuit pesaient encore sur Irène, mais l'image d'Ismaël voguant vers la nouvelle de la mort d'Hannah était plus forte que n'importe quel remords.

Simone lui avait expliqué que, quelques heures plus tôt, des promeneurs avaient trouvé le corps d'Hannah près du bois. Dès qu'elle avait été connue, la nouvelle avait suscité la désolation, les commentaires et la douleur de ceux qui avaient eu la chance de connaître cette jeune fille exubérante. On savait que sa mère, Élisabeth, avait eu une crise de nerfs en apprenant la mort de son enfant et qu'elle était sous l'effet des sédatifs administrés pas le docteur Giraud. Mais pas grand-chose de plus.

Les rumeurs à propos d'une série de crimes qui

avaient troublé la vie locale des années auparavant refaisaient surface. Certains voulaient voir dans ce malheur une nouvelle manifestation de la macabre saga d'assassinats non résolus qui avaient été commis dans le bois de Cravenmoore au cours des années vingt.

D'autres préféraient attendre et connaître plus de détails sur les circonstances de la tragédie. La tornade de commentaires, cependant, n'apportait aucune lumière sur la cause possible du décès. Les deux promeneurs qui avaient découvert le corps étaient depuis des heures à la gendarmerie, où l'on prenait leur déposition, et deux experts venant d'une ville voisine étaient, disait-on, en route. Mais, pour l'heure, la mort d'Hannah demeurait un mystère.

En se hâtant le plus qu'elle pouvait, Irène arriva au village au moment où le disque du soleil avait plongé totalement derrière l'horizon. Les rues étaient désertes et les quelques silhouettes entraperçues étaient silencieuses comme des ombres sans maître. La jeune fille laissa sa bicyclette près d'un vieux réverbère qui éclairait l'entrée de la ruelle où se trouvait le domicile de l'oncle et de la tante d'Ismaël. La maison était simple et sans prétention, un logis de pêcheurs tout près de la baie. La dernière couche de peinture remontait à des dizaines d'années et la lumière tamisée de deux lanternes à pétrole révélait une façade sculptée par le vent du large et l'air salin.

Irène, le cœur serré, s'approcha du seuil, hésitant à frapper à la porte. De quel droit osait-elle s'immiscer dans la douleur d'une famille dans un moment pareil ? À quoi pensait-elle donc ?

Soudain elle s'arrêta, incapable de faire un pas de

plus ou de reculer, prise entre le doute et le besoin de voir Ismaël, d'être à son côté dans un tel moment. À cet instant, la porte s'ouvrit et la silhouette ventrue et sévère du docteur Giraud, le praticien local, apparut. Les yeux perçants derrière les lunettes du médecin devinèrent la présence d'Irène dans la pénombre.

— Tu es la fille de Mme Sauvelle, n'est-ce pas ?

Elle confirma.

— Si tu es venue pour voir Ismaël, il n'est pas ici. Dès qu'il a appris ce qui est arrivé à sa cousine, il a pris son voilier et il est parti.

Le médecin vit le sang refluer du visage de la jeune fille.

— Il est bon marin. Il reviendra.

Irène marcha jusqu'au bout du quai. La silhouette solitaire du *Kyaneos* se découpait sur le fond de brume, éclairée par la lune. Elle alla s'asseoir sur le bord de la digue et suivit des yeux le voilier qui avait mis le cap sur l'îlot du phare. Rien ni personne ne pouvait désormais tirer Ismaël de la solitude qu'il s'était choisie. Elle eut envie de prendre une barque et de partir à sa poursuite jusqu'aux confins de son monde secret, mais elle savait que toute tentative était inutile.

Le véritable choc de la nouvelle commençait à s'ouvrir un chemin dans son propre esprit, et elle sentit ses yeux se remplir de larmes. Lorsque le *Kyaneos* se fut évanoui dans l'obscurité, elle enfourcha sa bicyclette pour rentrer chez elle.

Tout en parcourant la route de la plage, elle imaginait Ismaël assis en silence dans la tour du phare, seul avec lui-même. Elle se souvint des innombrables fois où elle avait fait, elle aussi, ce voyage intérieur et se promit, quoi qu'il arrive, de ne pas laisser le garçon se perdre sur ce chemin d'ombres.

Ce soir-là, le dîner fut bref. Ce fut une succession de silences et de regards ravagés, pendant que Simone et ses enfants feignaient de manger avant de se retirer dans leurs chambres respectives. À onze heures, il n'y avait pas une âme dans les couloirs, et seule une lampe restait allumée : celle de la table de nuit de Dorian.

Une brise froide pénétrait par la fenêtre ouverte de sa chambre. Dorian, couché dans son lit, écoutait les voix fantomatiques venant des arbres, le regard perdu dans les ténèbres. Peu avant minuit, il éteignit la lumière et se posta à la fenêtre. Dans l'épaisseur du bois, le vent soulevait une houle de feuilles noires. Il suivit le ballet des ombres qui dansaient. Il pouvait sentir la présence rôder dans l'obscurité.

Au-delà du bois, on distinguait les contours de Cravenmoore et un rectangle doré dans la dernière fenêtre de l'aile nord. Subitement, jaillit d'entre les arbres un halo vacillant et jaune. Le garçon avala sa salive. Des petits éclairs apparaissaient et disparaissaient en décrivant des cercles dans le bois.

Une minute plus tard, vêtu d'un épais chandail et chaussé de ses bottes de cuir, Dorian se glissait dans l'escalier. Avec d'infinies précautions il ouvrit la porte du porche. La nuit était froide et la mer rugissait au pied des falaises. Ses yeux suivirent la piste que dessinait la lune, un ruban argenté qui serpentait vers l'intérieur du bois. Un picotement dans l'estomac lui rappela la douce sécurité de sa chambre. Il soupira.

Les lumières perçaient la brume comme des épingles blanches, à la lisière du bois. Le garçon mit un pied devant l'autre, une fois, deux fois, et ainsi de suite. Avant d'avoir eu le temps de s'en rendre compte, les ombres l'enveloppèrent et, derrière lui, la Maison du Cap lui sembla lointaine, infiniment lointaine.

Ni l'obscurité ni tout le silence du monde ne purent aider Irène à trouver le sommeil. Finalement, vers minuit, elle renonça et alluma la lampe de sa table de chevet. Le journal d'Alma Maltisse reposait près du petit médaillon que son père lui avait offert des années auparavant, un ange en argent. Irène prit le journal et l'ouvrit de nouveau à la première page.

L'écriture mince et ondoyante lui souhaita la bienvenue. La feuille, imprégnée d'ocre pâle, ressemblait à un champ de seigle agité par le vent. Lentement, caressant chaque ligne des yeux, Irène reprit son voyage dans la mémoire secrète d'Alma Maltisse.

Dès qu'elle eut commencé à relire la première page, le sortilège des mots l'emporta très loin. Elle n'entendait pas le battement des vagues ni le vent dans le bois. Son esprit était dans un autre monde…

*…Cette nuit, je les ai entendus se disputer dans la bibliothèque. Il criait et la suppliait de le laisser en paix, de quitter la maison pour toujours. Il disait qu'elle n'avait aucun droit de jouer avec nos vies comme elle faisait. Je n'oublierai jamais le bruit de ce rire, un cri animal de rage et de haine, qui a*

*éclaté derrière les murs. Le fracas de mille livres tombant des rayons a retenti dans toute la maison. Sa colère est chaque jour plus forte. Depuis le moment où j'ai libéré cette bête féroce de son enfermement, sa violence n'a cessé d'augmenter.*

*Il monte la garde au pied de mon lit toutes les nuits. Je sais qu'il a peur que l'ombre ne vienne me prendre s'il me laisse seule un instant. Cela fait deux jours qu'il ne me dit pas quelles pensées occupent son esprit, mais je n'en ai pas besoin. Il ne dort plus depuis des semaines. Chaque nuit est une attente terrible et interminable. Il dispose cent bougies dans toute la maison en essayant de porter la lumière dans le moindre recoin, pour éviter que l'obscurité ne serve de refuge à l'ombre. Son visage a vieilli de dix ans en à peine un mois.*

*Parfois, je crois que tout cela est ma faute, que, si je disparaissais, la malédiction s'effacerait avec moi. C'est peut-être ce que je devrais faire, m'éloigner de lui et accepter mon rendez-vous inéluctable avec l'ombre. Cela seul nous donnerait la paix. L'unique raison qui m'empêche de faire ce pas est que je ne supporte pas l'idée de le laisser. Sans lui, rien n'a de sens. Ni la vie ni la mort...*

Irène leva les yeux du journal. Le labyrinthe de doutes d'Alma Maltisse lui paraissait à la fois déconcertant et d'une inquiétante proximité. La ligne séparant le sentiment de culpabilité du désir de vivre lui semblait mince, fine comme le fil d'une lame empoisonnée. Elle éteignit. L'image ne la quittait pas. Une lame empoisonnée.

Dorian entra dans le bois en suivant la trace lumineuse qu'il voyait briller dans les buissons, des reflets qui pouvaient provenir de n'importe où entre les arbres. Les feuilles, humides de bruine, se transformaient en un défilé de mirages indéchiffrables. Le bruit de ses pas était un signal angoissant de sa présence. Finalement, il respira profondément et se remémora le but de son expédition : il ne sortirait pas de là avant de savoir ce qui se cachait dans le bois. C'était tout ou rien.

Il s'arrêta à l'orée de la clairière où, la veille, il avait découvert les empreintes. Leur trace était maintenant confuse et à peine identifiable. Il alla jusqu'au tronc lacéré et tâta les entailles. L'idée d'une créature montant à toute allure dans les arbres, tel un félin jailli de l'enfer, se glissa dans son esprit. Deux secondes plus tard, le premier craquement derrière lui l'avertit de la proximité de quelqu'un. Ou de quelque chose.

Dorian se cacha dans les taillis. Les pointes piquantes des arbustes le griffèrent comme des lames de couteau. Il contint sa respiration et pria pour que la personne ou la chose qui s'approchait ne perçoive pas, comme lui en ce moment, le martèlement de son cœur. Peu après, les lumières vacillantes qu'il avait discernées au loin s'ouvrirent un passage entre les buissons, transformant la brume flottante en une buée rougeâtre.

Des pas se firent entendre de l'autre côté des arbustes. Le garçon ferma les yeux, immobile comme une statue. Les pas s'arrêtèrent. Dorian sentit le manque d'oxygène, mais il était prêt à passer les dix prochaines années sans respirer. Finalement, au moment où il croyait que ses poumons allaient éclater, deux mains écartèrent les branches qui le dissimulaient. Ses genoux se transformèrent en gélatine. La lumière d'une lanterne l'aveugla. Après un temps qui lui parut infini, l'inconnu posa la lanterne par terre et s'agenouilla devant lui. Un visage vaguement familier brillait à côté, mais la panique l'empêchait de le reconnaître. L'inconnu sourit.

— Voyons voir : peut-on savoir ce que tu fabriques ici ? dit la voix, calme et aimable.

Tout d'un coup, Dorian comprit que celui qui lui faisait face était tout simplement Lazarus. Alors, seulement, il respira.

Ses mains ne cessèrent de trembler qu'au bout d'un bon quart d'heure, quand Lazarus posa devant elles un bol de chocolat brûlant et s'assit face à lui. Le vieil homme l'avait conduit dans la remise contiguë à la fabrique de jouets. Et là, il avait préparé tranquillement du chocolat.

Pendant que tous deux buvaient bruyamment et s'observaient par-dessus leur bol, Lazarus se mit à rire.

— Tu m'as fait une peur affreuse, mon garçon, assura-t-il.

— Si ça peut vous consoler, ce n'est rien à côté de celle que vous m'avez faite, répliqua Dorian qui sentait le chocolat chaud répandre une agréable sensation de calme dans son estomac.

— Ça, je n'en doute pas, approuva Lazarus, toujours riant. Maintenant, dis-moi ce que tu faisais dehors.

— J'ai vu des lumières.

— Tu as vu ma lanterne. C'est pour ça que tu es sorti ? À minuit ? Est-ce que tu aurais oublié ce qui est arrivé à Hannah ?

Dorian avala sa salive, qui eut autant de mal à passer qu'une bille de plomb de gros calibre.

— Non, monsieur.

— Bien. En tout cas, ne l'oublie plus. C'est dangereux de se promener par ici dans le noir. Depuis quelques jours, j'ai l'impression que quelqu'un rôde dans le bois.

— Vous aussi, vous avez vu les marques ?

— Quelles marques ?

Dorian lui raconta ses peurs et ses inquiétudes concernant l'étrange présence qu'il sentait dans le bois. Au début, il avait cru qu'il n'oserait pas, mais Lazarus lui inspirait la confiance et le calme nécessaires pour que sa langue se délie. Tandis qu'il débitait son récit, Lazarus l'écoutait avec attention, mais sans cacher un certain étonnement et même un sourire devant les détails fantastiques qu'il donnait.

— Une ombre ? demanda soudain Lazarus sobrement.

— Vous ne croyez pas un mot de ce que je vous ai raconté ! protesta Dorian.

— Si, si. Je te crois. Ou j'essaye de te croire. Tu dois comprendre que c'est un peu… particulier.

— Mais vous aussi, vous avez vu quelque chose. C'est pour ça que vous étiez dans le bois, non ?

Lazarus sourit.

— Oui. J'ai vu quelque chose, mais je ne peux pas donner autant de détails que toi.

Dorian vida son bol de chocolat.

— Encore ? proposa Lazarus.

Le garçon accepta. La compagnie du fabricant de jouets était agréable. Partager ce chocolat avec lui, en pleine nuit, était une expérience excitante et instructive.

En jetant un coup d'œil sur l'atelier où ils se trouvaient, Dorian aperçut sur une des tables de travail une forme puissante et de grande envergure sous le drap qui la couvrait.

— Vous travaillez à quelque chose de nouveau ?

Lazarus confirma.

— Tu veux que je te montre ?

Les yeux de Dorian s'ouvrirent comme des soucoupes. La réponse allait de soi.

— D'accord. Mais tu dois tenir compte qu'il s'agit d'une pièce inachevée..., précisa Lazarus en prenant la lanterne avant de se diriger vers le drap.

— C'est un automate ?

— À sa façon, oui. En réalité, je suppose que c'est une pièce un peu extravagante. L'idée m'en a trotté dans la tête pendant des années. En réalité, c'est un garçon qui avait à peu près ton âge qui me l'a suggérée, il y a bien longtemps.

— Un ami à vous ?

Lazarus sourit, nostalgique.

— Prêt ? interrogea-t-il.

Dorian hocha énergiquement la tête en signe d'acquiescement. Lazarus retira le drap qui couvrait la pièce... et le garçon, pris de peur, fit un pas en arrière.

— Ce n'est qu'une machine, Dorian. Tu n'as rien à craindre...

Dorian contempla la puissante silhouette. Lazarus avait forgé un ange en métal, un colosse de presque deux mètres de haut doté de deux grandes ailes. Le visage en acier brillait, entouré d'un capuchon. Ses mains étaient énormes, capables de serrer sa tête dans leur poing.

Lazarus toucha un ressort à la base de la nuque de l'ange, et la créature mécanique ouvrit les yeux, deux rubis enflammés comme des charbons ardents. Ils le fixaient. Lui, Dorian.

Il sentit ses entrailles se révulser.

— Je vous en prie, arrêtez-le, supplia-t-il.

Lazarus vit son air terrifié et s'empressa de recouvrir l'automate.

Dorian soupira, soulagé de ne plus avoir l'ange démoniaque sous les yeux.

— Désolé, dit Lazarus. Je n'aurai pas dû te le montrer. C'est juste une machine, Dorian. Du métal. Ne te laisse pas impressionner par son apparence. Ce n'est qu'un jouet.

Le garçon acquiesça, pas du tout convaincu.

Vite, Lazarus lui servit encore un bol de chocolat fumant. Dorian but goulûment le breuvage épais et réconfortant sous le regard attentif du fabricant de jouets. Arrivé à la moitié du bol, il observa Lazarus et tous deux échangèrent un sourire.

— Tu as eu sacrément peur, hein ?

Le gamin rit nerveusement.

— Vous devez me prendre pour une poule mouillée.

— Au contraire. Il n'y en a pas beaucoup qui se risqueraient à faire des recherches dans le bois après ce qui est arrivé à Hannah.

— À votre avis, qu'est-ce qui s'est passé ?

Lazarus haussa les épaules.

— C'est difficile à dire. Je suppose que nous

devrons attendre que la gendarmerie termine son enquête.

— Oui, mais…

— Mais…?

— Et s'il y avait réellement quelque chose dans le bois ? insista Dorian.

— L'ombre ?

Il confirma gravement.

— As-tu déjà entendu parler du *Doppelgänger* ? demanda Lazarus.

Le garçon hocha la tête négativement. Lazarus l'observa du coin de l'œil.

— C'est un terme allemand. On s'en sert pour décrire l'ombre d'une personne qui, pour une raison quelconque, s'est détachée de son maître. Tu veux entendre une curieuse histoire à ce propos ?

— S'il vous plaît…

Lazarus s'installa sur une chaise face au garçon et sortit un long cigare. Dorian avait appris au cinéma que ces espèces de torpilles répondaient au nom de *havane* et qu'en plus de coûter une fortune elles répandaient en se consumant une odeur âcre et pénétrante. De fait, après Greta Garbo, Groucho Marx était le héros des matinées dominicales de Dorian. Le commun des mortels se bornait à inhaler de la fumée de second choix. Lazarus étudia le cigare et le rangea de nouveau, intact, prêt à commencer son récit.

— Bien. L'histoire m'a été racontée par un collègue, il y a longtemps. L'année : 1915. Le lieu : Berlin.

» De tous les horlogers de la ville de Berlin, aucun ne prenait autant son travail à cœur et n'était aussi perfectionniste dans ses méthodes qu'Hermann

Blöcklin. En fait, son envie de parvenir à créer des mécaniques d'une extrême précision l'avait conduit à élaborer une théorie sur la relation entre le temps et la vitesse à laquelle la lumière se déplace dans l'univers. Blöcklin vivait entouré d'horloges dans un petit logement qui occupait l'arrière-boutique de son magasin de la Heinrichstrasse. C'était un homme solitaire. Il n'avait pas de famille. Il n'avait pas d'amis. Son unique compagnon était un vieux chat, Salman, qui passait silencieusement sa vie près de lui pendant qu'il consacrait des heures et des jours entiers à sa science, à son atelier. Au fil des ans, son intérêt avait fini par tourner à l'obsession. Il lui arrivait de laisser sa boutique fermée des journées durant. Des journées de vingt-quatre heures sans prendre de repos, au cours desquelles il travaillait à réaliser son rêve : une horloge parfaite, machine universelle de mesure du temps.

» Par un jour d'hiver, alors qu'une tempête de froid et de neige sévissait sur Berlin depuis deux semaines, il reçut la visite d'un étrange client, un monsieur distingué répondant au nom d'Andreas Corelli. Celui-ci portait un luxueux costume d'un blanc éblouissant, et ses cheveux, longs et satinés, étaient argentés. Il cachait ses yeux derrière des lunettes noires. Blöcklin lui annonça que la boutique était fermée, mais Corelli insista, alléguant qu'il était venu de très loin pour le voir. Il lui expliqua qu'il était au courant de ses réalisations techniques et les décrivit même en détail, ce qui intrigua fortement l'horloger, convaincu que, jusqu'à ce jour, ses découvertes restaient inconnues du monde entier.

» La demande que formula Corelli n'était pas moins étonnante. Blöcklin devait fabriquer une montre pour lui, mais une montre spéciale. Ses aiguilles devaient tourner en sens inverse. La raison de cette commande était que Corelli se savait atteint d'une maladie mortelle et devinait que sa vie allait s'éteindre d'ici à quelques mois. Voilà pourquoi il voulait avoir une montre qui compterait les heures, les minutes et les secondes qui lui restaient à vivre.

» Cette demande extravagante était accompagnée d'une proposition financière plus que généreuse. De plus, Corelli lui garantissait l'obtention de fonds destinés à financer toutes ses recherches pour le restant de ses jours. En échange, il devait consacrer quelques semaines à créer cette mécanique.

» Inutile de préciser que Blöcklin accepta le contrat. Deux semaines de travail intense dans son atelier s'écoulèrent. Il était plongé dans sa tâche quand, quelques jours plus tard, Andreas Corelli revint frapper à sa porte. La montre était déjà terminée. Corelli, souriant, l'examina et, après avoir loué le labeur réalisé par l'horloger, lui dit que sa récompense était plus que méritée. Blöcklin, épuisé, lui confia qu'il avait mis toute son âme dans cette commande. Corelli acquiesça. Puis il remonta la montre et fit fonctionner son mécanisme. Il remit une bourse pleine de pièces d'or à Blöcklin et s'en fut.

» L'horloger débordait de joie en comptant les pièces, lorsqu'il vit son image dans le miroir. Il se découvrit vieilli, amaigri. Il avait trop travaillé. Décidé à prendre quelques jours de liberté, il alla se coucher.

» Le lendemain, un soleil éblouissant pénétra par sa fenêtre. Encore fatigué, il alla se débarbouiller et observa de nouveau son reflet. Cette fois, il eut un haut-le-corps. La veille, au moment du coucher, son visage était celui d'un homme de quarante et un an, exténué, certes, mais encore jeune. Aujourd'hui, il avait devant lui l'image d'un homme près de fêter son soixantième anniversaire. Atterré, il sortit dans le parc pour prendre l'air. En revenant à la boutique, il examina de nouveau son image. Dans le miroir, un vieillard l'observait. Pris de panique, il se précipita dans la rue et se heurta à un voisin qui lui demanda s'il avait vu l'horloger Blöcklin. Hystérique, il se mit à courir.

» Il passa la soirée dans le fond d'une taverne pestilentielle en compagnie de criminels et autres individus de réputation douteuse. Tout, plutôt que rester seul. Il sentait sa peau se recroqueviller de minute en minute. Il avait l'impression que ses os devenaient friables. Il avait du mal à respirer.

» Minuit approchait, quand un inconnu lui demanda s'il pouvait s'asseoir près de lui. Blöcklin le dévisagea. C'était un homme jeune et de belle apparence, dans les vingt ans. Sa figure ne lui disait rien, à l'exception des lunettes noires qui cachaient ses yeux. Il sentit son cœur bondir dans sa poitrine. Corelli…

» Assis en face de lui, Andreas Corelli sortit la montre que Blöcklin avait créée pour lui. L'horloger, désespéré, le questionna sur l'étrange phénomène dont il était victime. Pourquoi vieillissait-il de seconde en seconde ? Corelli lui mit la montre sous les yeux. Les aiguilles tournaient lentement en sens inverse. Il lui rappela ce qu'il avait dit : qu'il avait mis toute son âme dans cette montre. Voilà pourquoi, à chaque minute qui passait, son corps et son âme vieillissaient de façon accélérée.

» Blöcklin, aveugle de terreur, le supplia de l'aider. Il lui jura qu'il était prêt à faire n'importe quoi, à renoncer à tout ce qu'on voudrait, pour recouvrer sa jeunesse et son âme. Corelli lui sourit et lui demanda s'il en était sûr. L'horloger confirma : n'importe quoi.

» Corelli lui confia alors qu'il était disposé à lui rendre la montre et, avec elle, son âme, en échange de quelque chose qui ne lui était d'aucune utilité : son ombre. L'horloger, décontenancé, lui demanda si c'était là le seul prix qu'il devait payer : une ombre. Corelli répondit que oui, et Blöcklin accepta le contrat.

» L'étrange client sortit un flacon en verre, ôta le bouchon et le posa sur la table. En une seconde, Blöcklin vit son ombre se glisser à l'intérieur du flacon tel un tourbillon de gaz. Corelli reboucha le flacon et, prenant congé de Blöcklin, disparut dans la nuit. Dès qu'il eut franchi le seuil de la taverne, la montre que l'horloger tenait dans ses mains inversa le sens de rotation de ses aiguilles.

» Lorsque Blöcklin arriva chez lui, à l'aube, son visage était de nouveau celui d'un homme jeune. Il poussa un soupir de soulagement. Pourtant, une autre surprise l'attendait. Salman, son chat, avait disparu. Il le chercha partout et quand, finalement, il le trouva, une sensation d'horreur l'envahit. L'animal était pendu par le cou au fil électrique d'une lampe de l'atelier. La table de travail était renversée et ses outils éparpillés dans la pièce. On eût cru qu'une tornade était passée par là. Tout était détruit. Mais il y avait pire : des marques sur les murs. Quelqu'un y avait écrit maladroitement un mot incompréhensible :

» L'horloger scruta cette grossière inscription et mit plus d'une minute à en comprendre le sens. C'était son nom inversé. Nilkcolb. Blöcklin. Il entendit un chuchotement derrière lui. Quand il se retourna, il se trouva face à un obscur reflet de lui-même, une image diabolique de son propre visage.

» Alors, l'horloger comprit. C'était son ombre qui l'observait. Sa propre ombre qui le défiait. Il tenta de l'attraper, mais elle émit un ricanement de hyène et se dispersa sur les murs. Affolé, il vit son ombre s'emparer d'un grand couteau et s'enfuir par la porte pour se perdre dans l'obscurité.

» Le premier crime de la Heinrichstrasse fut commis cette même nuit. Plusieurs témoins déclarèrent avoir vu l'horloger Blöcklin poignarder de sang-froid un soldat qui passait dans la rue. La police l'arrêta et le soumit à un long interrogatoire. La nuit suivante, pendant que Blöcklin demeurait sous bonne garde dans sa cellule, il y eut de nouveaux meurtres. On se mit à évoquer un mystérieux assassin qui se déplaçait dans l'obscurité nocturne de Berlin. Blöcklin tenta d'expliquer aux autorités ce qui lui était arrivé, mais personne ne voulut l'écouter. Les journaux spéculaient sur l'incroyable possibilité qu'un assassin puisse, nuit après nuit, s'échapper de sa cellule de haute sécurité pour perpétrer les plus épouvantables crimes dont se souvenait Berlin.

» La terreur de l'ombre de Berlin dura exactement vingt-cinq jours. La fin de cette étrange affaire arriva de façon aussi inattendue et inexplicable que son début. Dans la nuit du 12 janvier 1916, l'ombre d'Hermann Blöcklin pénétra dans la sinistre prison de la police secrète. Une sentinelle postée à la porte de la cellule jura avoir vu Blöcklin se battre avec une ombre, et, en pleine lutte, poignarder celle-ci. Au lever du jour, au moment du changement de garde, on trouva Blöcklin mort dans sa cellule, poignardé en plein cœur.

» Quelques jours plus tard, un inconnu disant s'appeler Andreas Corelli offrit de payer les frais de l'enterrement de Blöcklin dans la fosse commune du cimetière de Berlin. Personne, à l'exception du fossoyeur et d'un étrange individu qui portait des lunettes noires, n'assista à la cérémonie.

» L'affaire des crimes de la Heinrichstrasse n'a jamais été élucidée et dort toujours dans les archives de la police berlinoise…

— Ouah !… murmura Dorian quand Lazarus eut achevé son récit. Et c'est réellement arrivé ?

Le fabricant de jouets sourit.

— Non. Mais je savais que tu aimerais cette histoire.

Dorian plongea son regard dans son bol. Il comprenait que Lazarus avait inventé ce récit uniquement pour effacer sa peur de l'ange mécanique. Un bon truc, mais rien de plus qu'un truc, en fin de compte. Lazarus lui tapota l'épaule.

— Je crois qu'il se fait un peu tard pour jouer les détectives, observa-t-il. Viens, je te raccompagne chez toi.

— Vous me promettez de ne rien dire à ma mère ? supplia Dorian.

— Seulement si tu me promets de ne plus revenir te promener seul la nuit ; pas avant qu'on n'ait découvert de quoi Hannah a été victime…

Ils se dévisagèrent mutuellement.

— Accord conclu, dit le garçon.

Lazarus lui serra la main en véritable homme d'affaires. Puis, avec un sourire mystérieux, le fabricant de jouets alla à une armoire et en sortit une boîte en bois. Il la donna à Dorian.

— Qu'est-ce que c'est ? questionna le garçon, intrigué.

— Mystère et boule de gomme. Ouvre.

Dorian obtempéra. La lumière des lampes révéla une figurine en argent de la taille de sa main. Il regarda Lazarus, bouche bée. Le fabricant de jouets sourit.

— Laisse-moi te montrer comment elle fonctionne.

Lazarus posa la figurine sur la table. Sur une simple pression des doigts, elle se déploya et révéla sa nature. Un ange. Identique à celui qu'il avait vu, mais en réduction.

— Avec cette taille, il ne peut pas te faire peur, hein ?

Dorian acquiesça, enthousiaste.

— Dans ce cas, ce sera ton ange gardien. Pour te protéger des ombres…

Lazarus escorta Dorian à travers le bois jusqu'à la Maison du Cap, tout en lui expliquant les mystères et les techniques de la fabrication des automates et des mécanismes, dont la complexité et l'ingéniosité semblaient s'apparenter à la magie. Il paraissait tout savoir et avait réponse à toutes les questions les plus tarabiscotées et les plus rusées. Impossible de le prendre en défaut. En arrivant à la sortie du bois, Dorian était fasciné et fier d'avoir un tel ami.

— Tu te rappelleras notre accord, hein ? dit Lazarus à voix basse. Plus d'expéditions nocturnes.

Dorian confirma silencieusement et se dirigea vers la maison. Le fabricant de jouets attendit dehors et ne partit que lorsqu'il eut vu le garçon le saluer de la fcnêtre de sa chambre. Il lui rendit son salut et s'enfonça de nouveau dans les ombres du bois.

Couché sur son lit, Dorian gardait encore son sourire collé aux lèvres. Toutes ses inquiétudes et ses angoisses paraissaient s'être évaporées. Détendu, il ouvrit la boîte que lui avait donnée Lazarus. L'ange était une pièce parfaite, d'une beauté surnaturelle. La complexité du mécanisme faisait écho à une science mystérieuse et captivante. Il posa la figurine sur le plancher, au pied de son lit, et éteignit. Lazarus était un génie. C'était le mot juste : Dorian l'avait entendu prononcer cent fois et il s'étonnait toujours qu'on l'emploie pour des individus auxquels, en réalité, il ne correspondait pas du tout. Mais il avait enfin rencontré un authentique génie. Et, en plus, il était son ami.

L'enthousiasme céda la place à un sommeil irrésistible. Dorian se rendit à la fatigue et laissa son imagination l'emporter dans une aventure où, héritier de la science de Lazarus, il inventait une machine qui attrapait les ombres et libérait le monde d'une sinistre organisation maléfique.

Il dormait quand, inopinément, la figurine se mit à déployer lentement ses ailes. L'ange métallique pencha la tête et leva un bras. Ses yeux noirs, deux larmes d'obsidienne, brillaient dans la pénombre.

# 8

# Incognito

Trois jours passèrent sans qu'Irène reçoive de nouvelles d'Ismaël. Aucune trace du garçon au village, et le voilier n'était pas à quai. Un front de tempête balayait la côte normande en étendant sur la baie un manteau de cendre qui allait se prolonger une semaine entière.

Le matin où Hannah fit son dernier voyage jusqu'au petit cimetière, en haut de la colline qui s'élevait au nord-ouest de La Baie bleue, les rues du village paraissaient dormir dans la bruine. Le cortège arriva aux portes de l'enceinte, et suivant la volonté expresse de la famille, la cérémonie finale fut célébrée dans la plus stricte intimité, pendant que les gens s'en retournaient sous la pluie, en silence, accompagnés par le souvenir de la jeune fille.

Lazarus s'offrit pour escorter Simone et ses enfants à la Maison du Cap, tandis que l'assemblée se dispersait comme un banc de brouillard au petit matin. C'est alors qu'Irène aperçut la silhouette solitaire d'Ismaël en haut du rocher qui couronnait les falaises bordant le cimetière, en train de contempler la mer couleur de plomb. Il suffit d'un coup d'œil échangé avec sa mère pour que celle-ci donne son accord et la laisse aller. Peu après, la voiture de Lazarus s'éloignait sur la route de l'ermitage de Saint-Roland, et Irène gravissait le sentier qui menait aux falaises.

On entendait, vers l'horizon, le grondement d'un orage allumant dans les nuages des taches de lumière qui ressemblaient à des flaques de métal en fusion. La jeune fille trouva Ismaël assis au bord du rocher, le regard errant sur l'océan. Au loin, l'îlot du phare et le cap se perdaient dans la brume.

De retour au village, Ismaël révéla d'un seul coup à Irène où il était allé les trois jours précédents. Il commença son récit au moment où il avait appris la nouvelle.

Il était parti sur le *Kyaneos* en direction du phare, essayant de fuir un sentiment qui ne permettait aucune fuite. Les heures qui avaient précédé l'aube lui avaient permis de mettre de l'ordre dans ses pensées et de concentrer son attention sur une lueur nouvelle au bout du tunnel : démasquer le responsable de cette horreur et le faire payer. Le désir de vengeance semblait être le seul antidote à sa douleur.

Les explications de la gendarmerie ne le satisfaisaient pas. Le secret dans lequel les autorités locales avaient mené leur enquête lui paraissait pour le moins suspect. Un peu avant le lever du jour, il était donc décidé à mener ses propres recherches. À n'importe quel prix. À partir de là, rien ne saurait plus l'arrêter. Le soir même, il s'était introduit dans la morgue improvisée du docteur Giraud. Aidé de sa seule audace et armé d'une paire de tenailles, il avait fait sauter le cadenas et tout ce qui s'interposait.

Irène écouta, à mi-chemin entre la stupéfaction et l'incrédulité, comment Ismaël avait pénétré dans les locaux funèbres et avait attendu que Giraud s'en aille pour, dans les vapeurs du formol et une pénombre spectrale, chercher méthodiquement dans les archives du docteur le dossier concernant Hannah.

D'où avait-il tiré le sang-froid nécessaire pour pareille expédition ? De toute évidence, pas des deux cadavres qu'il avait découverts, protégés par un drap. Il s'agissait de ceux de plongeurs qui avaient eu la malchance d'être emportés pas un courant sous-marin dans la passe du port voisin, la nuit précédente, en tentant de récupérer la cargaison d'un voilier échoué sur un récif.

Irène, pâle comme une poupée de porcelaine, écouta le macabre récit d'un bout à l'autre, y compris quand Ismaël raconta qu'il avait buté contre la table d'autopsie. Lorsque le garçon eut terminé, elle soupira avec l'impression de remonter à l'air libre. Ismaël avait emporté le dossier sur son voilier et passé deux heures à essayer de débroussailler la jungle de mots et de termes médicaux du docteur Giraud.

Irène sentit sa gorge se serrer.

— Comment est-elle morte ? murmura-t-elle.

Ismaël la regarda droit dans les yeux. Une étrange lueur brillait dans les siens.

— On ne sait pas comment. Mais on sait pourquoi. Selon le rapport, le diagnostic officiel est un arrêt cardiaque. Mais dans son analyse finale, le docteur Giraud a donné son opinion personnelle : selon lui,

Hannah a vu dans le bois quelque chose qui a provoqué chez elle une panique mortelle.

Panique. Le mot se répercuta comme un écho dans son esprit. Son amie Hannah était morte de peur, et ce qui avait causé cette terreur était toujours là-bas.

— C'est arrivé dimanche, non ? dit Irène. Quelque chose a dû se passer ce jour-là…

Ismaël acquiesça lentement. Il était évident que le garçon avait déjà eu la même idée.

— Ou la nuit précédente, suggéra-t-il.

Irène lui adressa un regard étonné.

— Hannah, précisa le garçon, a passé cette nuit-là à Cravenmoore. Le lendemain, elle est restée introuvable. Jusqu'à ce qu'on la découvre morte dans le bois.

— Qu'est-ce que tu veux dire ?

— J'y suis allé. Il y a des marques. Des branches cassées. Des traces de lutte. Quelqu'un a poursuivi Hannah depuis la maison.

— Depuis Cravenmoore ?

Ismaël acquiesça de nouveau.

— Il nous faut savoir ce qui s'est passé la veille de sa disparition. Ça nous donnera peut-être une idée de la personne ou de la chose qui l'a poursuivie dans le bois.

— Et comment pouvons-nous faire ça ? Je veux dire que la gendarmerie…, objecta Irène.

— Je ne vois qu'un moyen.

— Cravenmoore, murmura-t-elle.

— Exactement. Cette nuit…

Le crépuscule ouvrait des espaces couleur de cuivre dans la couche des nuées d'orage en transit, venant de l'horizon. À mesure que l'obscurité s'étendait sur la mer, la nuit laissait voir dans la voûte du ciel des éclaircies qui permettaient de distinguer le cercle de lumière quasi parfait de la lune à la veille d'être pleine. Son éclat argenté dessinait une tapisserie de reflets dans la chambre d'Irène. La jeune fille abandonna un moment la lecture du journal d'Alma Maltisse pour contempler ce disque qui lui souriait du haut du firmament. Encore vingt-quatre heures, et sa circonférence serait parfaite. La troisième pleine lune de la saison. La nuit du bal masqué à La Baie bleue.

À cet instant, cependant, l'apparition de la lune prit une autre signification. Dans quelques minutes, ce serait le rendez-vous secret avec Ismaël à l'orée du bois. L'idée d'en traverser l'obscurité et de s'introduire dans les profondeurs insondables de Cravenmoore lui semblait maintenant une imprudence. Pis, une folie. D'un autre côté, il lui paraissait impossible de faire défaut à Ismaël en de tels moments, ainsi qu'elle l'avait déjà éprouvé dans l'après-midi, quand le garçon lui avait annoncé son intention de se rendre dans la demeure de Lazarus Jann pour y chercher des réponses à la mort d'Hannah. Incapable de voir plus clair dans ses pensées, elle reprit le journal d'Alma Maltisse et se réfugia dans ses pages.

*... Voilà trois jours que je ne sais rien de lui. Il est parti à l'improviste à minuit, convaincu que, s'il s'éloignait de moi, l'ombre le suivrait. Il n'a pas voulu me dire où il allait, mais je le soupçonne d'avoir cherché refuge sur l'îlot du phare. Il s'est toujours rendu dans ce lieu solitaire pour y trouver la paix et j'ai l'impression que, cette fois, il y est retourné comme*

*un enfant terrifié pour affronter son cauchemar. Son absence, cependant, m'a fait douter de tout ce que j'ai cru jusqu'à présent. L'ombre n'est pas revenue pendant ces trois jours. Je suis restée enfermée dans ma chambre, entourée de bougies, de veilleuses et de lampes à pétrole. Pas un seul coin de la pièce n'était dans l'obscurité. Je n'ai guère pu dormir.*

*Pendant que j'écris ces lignes, en pleine nuit, je peux voir de ma fenêtre l'îlot du phare dans la brume. Une lumière brille sur les rochers. Je sais que c'est lui, seul, confiné dans la prison à laquelle il s'est condamné. Je ne peux rester ici une heure de plus. Si nous devons faire face à ce cauchemar, je veux que nous le fassions ensemble. Et si nous devons mourir dans cette tentative, faisons-le également unis.*

*Peu m'importe de subir cette folie un jour de plus ou de moins. Je suis sûre que l'ombre ne nous accordera pas de trêve. J'ai la conscience pure et mon âme est en paix avec elle-même. Je ne pourrai pas supporter une nouvelle semaine comme celle-là. La peur des premiers jours n'est plus désormais que fatigue et découragement.*

*Demain, quand les gens du village donneront leur bal masqué sur la grand-place, je prendrai un bateau dans le port et je partirai à sa recherche. Peu m'importent les conséquences. Je suis prête à les accepter. Il me suffit d'être avec lui et de l'aider jusqu'au dernier moment.*

*Quelque chose en moi me souffle qu'il nous reste peut-être encore une possibilité d'une vie normale, heureuse, paisible. Je n'aspire à rien d'autre...*

Le bruit d'un petit caillou cognant la fenêtre arracha Irène à sa lecture. Elle ferma le livre et jeta un coup d'œil dehors. Ismaël attendait à la lisière du bois. Pendant qu'elle enfilait une épaisse veste en tricot, la lune se cacha lentement derrière les nuages.

Du haut de l'escalier, Irène observa précautionneusement sa mère. Une fois encore, Simone s'était endormie dans son fauteuil préféré, devant la fenêtre qui donnait sur la baie. Un livre était posé au creux de son ventre et ses lunettes de lecture avaient glissé sur son nez. Dans un coin, une radio dont le coffre de bois exhibait de capricieux motifs Art nouveau chuchotait les épisodes d'une ténébreuse série policière. Profitant de ce qu'elle pouvait passer inaperçue, Irène marcha devant Simone sur la pointe des pieds et se glissa dans la cuisine, qui donnait sur l'arrière-cour de la Maison du Cap. L'ensemble de l'opération lui prit quinze secondes.

Ismaël l'attendait, vêtu d'une mince veste en cuir, d'un pantalon de travail et d'une paire de bottes qui semblaient avoir fait le trajet de Constantinople aller-retour une demi-douzaine de fois. La brise nocturne charriait de la baie une brume froide, tendant des rubans de ténèbres dansantes au-dessus du bois.

Irène boutonna sa veste jusqu'au cou et acquiesça en silence au regard interrogateur du garçon. Sans un mot, ils s'engagèrent dans le sentier qui traversait l'épaisseur des arbres. Un concert de sons dont on ne pouvait deviner l'origine peuplait les ombres du bois. Le froissement des feuilles agitées par le vent masquait la rumeur des vagues se brisant contre les falaises. Irène suivit les pas d'Ismaël dans les taillis. La face de la lune se laissait deviner fugacement dans le tissu de nuages qui chevauchaient au-dessus de la baie, immergeant les arbres dans une pénombre chargée de lueurs fantomatiques. À la moitié du trajet, Irène saisit la main d'Ismaël et ne la lâcha pas avant que les contours de Cravenmoore ne se dressent devant eux.

Sur un signe du garçon, ils s'arrêtèrent derrière le tronc d'un arbre blessé à mort par la foudre. L'espace de quelques secondes, la lune déchira la couche de velours des nuages et un halo de clarté balaya la façade de Cravenmoore, dessinant chaque relief et chaque ligne, et traçant le tableau fascinant d'une étrange cathédrale perdue dans les profondeurs d'un bois maudit. La silhouette de Lazarus Jann se découpa sur le seuil de la porte d'entrée. Le fabricant de jouets ferma celle-ci derrière lui et descendit lentement les marches en direction du sentier qui bordait les arbres.

— C'est Lazarus. Toutes les nuits, il fait une promenade dans le bois, chuchota Irène.

Ismaël acquiesça en silence et retint la jeune fille, les yeux rivés sur le fabricant de jouets qui marchait dans leur direction. Irène interrogea Ismaël du regard. Celui-ci laissa échapper un soupir et scruta nerveusement les alentours. Les pas de Lazarus se firent audibles. Ismaël prit Irène par le bras et la poussa à l'intérieur du tronc creux.

— Par ici. Vite ! murmura-t-il.

L'intérieur du tronc était imprégné d'une odeur d'humidité et de pourriture. La clarté du dehors filtrait à travers des petits orifices pratiqués le long des parois et dessinait un improbable escalier dont les marches lumineuses montaient vers le haut du tronc caverneux. Irène sentit comme un fourmillement dans son estomac. À deux mètres au-dessus d'elle, elle aperçut une rangée de minuscules points brillants. Des yeux. Un cri tenta de se frayer un chemin dans sa gorge. Il fut étouffé par la main du garçon plaquée sur sa bouche.

— Pour l'amour du ciel, ce sont seulement des chauves-souris ! Tiens-toi tranquille ! lui chuchota-t-il pendant que Lazarus contournait le tronc et se dirigeait vers le bois.

Sagement, Ismaël maintint son bâillon jusqu'à ce que les pas du propriétaire de Cravenmoore se perdent sous les arbres. Les ailes invisibles de chauves-souris s'agitèrent dans le noir. Irène sentit de l'air sur son visage et la puanteur acide des animaux.

— Je croyais que tu n'avais pas peur des chauves-souris ! dit Ismaël. Allons-y.

Irène le suivit à travers le jardin de Cravenmoore pour gagner la partie arrière de la demeure. À chaque pas qu'elle faisait, elle se répétait qu'il n'y avait personne à l'intérieur et que la sensation d'être épiée n'était qu'un simple effet de son imagination.

Ils atteignirent l'aile qui communiquait avec l'ancienne fabrique de jouets et s'arrêtèrent devant la porte de ce qui semblait être un atelier ou une salle d'assemblage. Ismaël sortit un couteau et en déplia la lame. Son reflet brilla dans l'obscurité. Il introduisit la pointe dans la serrure et tâta minutieusement le mécanisme interne.

— Écarte-toi, j'ai besoin de lumière.

Irène recula de quelques pas et scruta la pénombre qui régnait à l'intérieur de la fabrique. Les vitres étaient voilées par des années d'abandon et il était pratiquement impossible de savoir ce qu'étaient les formes que l'on devinait de l'autre côté.

— Voyons, voyons..., murmura Ismaël pour lui-même en continuant à tripoter la serrure.

Irène l'observa et fit taire la voix intérieure qui lui suggérait qu'entrer illégalement dans la propriété d'autrui n'était pas une bonne idée. Finalement, le mécanisme céda avec un déclic presque inaudible. La porte s'entrouvrit de quelques centimètres.

— Un jeu d'enfant, dit Ismaël en la poussant lentement.

— Dépêchons-nous, chuchota Irène. Lazarus ne restera pas longtemps dehors.

Ismaël entra. Irène avala un grand bol d'air et le suivit. L'intérieur baignait dans une épaisse brume de poussière prise dans la clarté blafarde qui flottait comme un nuage de vapeur. L'odeur de divers produits chimiques saturait l'atmosphère. Ismaël referma la porte derrière lui et tous deux affrontèrent un monde d'ombres indéchiffrables. Les restes de la fabrique de jouets de Lazarus gisaient dans l'obscurité, plongés dans un rêve perpétuel.

— On n'y voit rien, murmura Irène en réprimant son envie de prendre ses jambes à son cou.

— Nous devons attendre que nos yeux s'accoutument au noir. C'est une question de secondes, suggéra Ismaël sans trop de conviction.

Les secondes passèrent en vain. Le voile de noirceur qui couvrait la salle de la fabrique de Lazarus ne disparut pas. Irène tentait de deviner un chemin par où avancer quand ses yeux finirent par distinguer une forme dressée et immobile à quelques mètres d'elle.

Un spasme de terreur la frappa en plein estomac.

— Ismaël, il y a quelqu'un ici..., dit-elle en se cramponnant au bras du garçon.

Ismaël scruta la pénombre et sentit sa gorge se serrer. Une forme humaine, bras écartés, flottait, suspendue. Elle oscillait lentement, tel un pendule, et une longue chevelure lui tombait sur les épaules. D'une main tremblante, il fouilla dans la poche de sa veste et en tira une boîte d'allumettes. La forme demeurait immobile, comme une statue vivante, prête à bondir sur eux dès qu'apparaîtrait la flamme.

Ismaël gratta l'allumette et son éclat les aveugla un instant. Irène se serra encore plus fort contre lui.

Quelques secondes plus tard, la vision qui se déploya devant elle lui enleva toute force dans les muscles. Une intense vague de froid lui parcourut le corps. Se balançant à la lumière vacillante de la flamme, elle reconnut le corps de sa mère, Simone, suspendu au plafond et les bras tendus.

— Mon Dieu...

La forme humaine tourna légèrement sur elle-même et révéla son autre face. Câbles et engrenages brillèrent dans la clarté ténue. Le visage était divisé en deux, et seule une des parties était achevée.

— C'est une machine, simplement une machine, affirma Ismaël d'un ton rassurant.

Irène contempla la macabre imitation de Simone. Ses traits. La couleur de ses yeux, de ses cheveux. Chaque marque sur la peau, chaque ligne de son visage étaient reproduites pour composer un masque inexpressif et terrifiant.

— Qu'est-ce qui se passe ici ? demanda-t-elle.

Ismaël indiqua ce qui semblait être une porte donnant accès à la maison, à l'autre extrémité de l'atelier.

— Par là, dit-il, en éloignant Irène de ce lieu et de la sinistre forme humaine suspendue en l'air.

Elle le suivit, encore sous l'effet de l'apparition, épouvantée et comme assommée.

Un instant plus tard, la flamme de l'allumette s'éteignit et l'obscurité régna de nouveau autour d'eux.

Dès qu'ils eurent atteint la porte qui conduisait à l'intérieur de Cravenmoore, la masse d'ombre qui s'était étendue à leurs pieds se déploya derrière eux telle une fleur noire, prenant du volume et glissant le long des murs. L'ombre se dirigea vers les tables de travail de l'atelier et sa trace ténébreuse parcourut le drap blanc qui recouvrait l'ange mécanique que Lazarus avait montré à Dorian la nuit précédente. Lentement, elle s'infiltra sous les plis du drap et sa masse vaporeuse se glissa entre les jointures du métal.

La silhouette de l'ombre disparut complètement dans le corps de l'ange. Une sorte de givre se répandit sur la créature mécanique, formant une toile d'araignée gelée. Puis les yeux s'ouvrirent lentement dans l'obscurité, deux rubis flamboyants sous le drap.

La figure titanesque se leva doucement et déploya ses ailes. Sans hâte, elle posa les pieds sur le sol. Les griffes rayèrent la surface du bois en laissant des marques sur leur passage. La nuée de lumière bleutée qui montait dans l'air rattrapa la spirale de fumée produite par l'allumette d'Ismaël qui venait de s'éteindre. L'ange la traversa et se perdit dans les ténèbres, suivant les pas d'Ismaël et d'Irène.

# 9

# La nuit transfigurée

L'écho lointain et insistant d'une succession de légers coups arracha Simone à un monde d'aquarelles dansantes et de lunes qui se fondaient en pièces d'argent incandescent. Le bruit parvint de nouveau à ses oreilles ; cette fois, elle se réveilla complètement et comprit qu'encore une fois le sommeil avait été plus fort que sa tentative de terminer un chapitre avant minuit. Pendant qu'elle enlevait ses lunettes, elle entendit le bruit pour la troisième fois et l'identifia enfin. Quelqu'un frappait doucement à la fenêtre qui donnait sur le porche. Simone se leva et reconnut le visage souriant de Lazarus derrière la vitre. Tout de suite, elle sentit qu'elle rougissait. Tout en ouvrant la porte, elle observa son visage dans le miroir de l'entrée. Un désastre.

— Bonsoir, madame Sauvelle. Le moment n'est peut-être pas bien choisi.

— Mais si.. Je... En fait, je lisais et je me suis endormie.

— Ce qui signifie que vous devez changer de livre, affirma Lazarus.

— Je suppose que oui. Mais entrez, je vous en prie.

— Je ne voudrais pas vous déranger.

— Ne dites pas de bêtises. Entrez, s'il vous plaît.

Lazarus obtempéra avec amabilité. Ses yeux se livrèrent à un rapide examen des lieux.

— La Maison du Cap n'a jamais été aussi bien tenue. Mes compliments.

— Tout le mérite en revient à Irène. C'est la décoratrice de la famille. Un thé ? Du café ?...

— Un thé serait parfait, mais...

— Pas un mot de plus. J'en prendrai volontiers, moi aussi.

Un instant, leurs regards se croisèrent. Lazarus eut un sourire chaleureux. Simone, subitement effrayée, baissa les yeux et se concentra sur la préparation du thé.

— Vous devez vous demander la raison de ma visite, commença le fabricant de jouets.

En effet, confirma silencieusement Simone.

— En réalité, je fais tous les soirs une petite promenade dans le bois jusqu'aux falaises. Ça me permet de me détendre.

Une pause à peine marquée par le ronronnement de l'eau dans la bouilloire intervint entre eux.

— Vous êtes au courant, pour le bal masqué annuel de La Baie bleue, madame Sauvelle ?

— La dernière pleine lune d'août...

— C'est bien ça. Je me demandais... Naturellement, je veux que vous sachiez qu'il n'y a rien d'obligatoire dans la proposition, sinon je n'aurais pas l'audace de la formuler, c'est-à-dire, je ne sais pas si je m'explique bien...

Lazarus s'embrouilla comme un collégien nerveux. Simone sourit calmement.

— Je me demandais si cela vous plairait de m'y accompagner cette année, réussit-il à conclure.

Simone avala sa salive. Le sourire de Lazarus s'évanouit lentement.

— Je suis désolé. Acceptez mes excuses…

— Avec ou sans sucre ? le coupa aimablement Simone.

— Pardon ?

— Le thé : avec ou sans sucre ?

— Deux morceaux.

Simone acquiesça et fit lentement fondre les deux morceaux.

— Je vous ai peut-être offensée…

— Ce n'est pas ça. Simplement, je ne suis pas habituée à ce qu'on m'invite à sortir. Mais je serai ravie d'aller à ce bal avec vous, répondit-elle, tout en étant la première surprise de sa décision.

Le visage de Lazarus s'éclaira d'un large sourire. Un instant, Simone se sentit rajeunie de trente ans. C'était une sensation ambiguë, à mi-chemin entre le merveilleux et le ridicule. Une sensation dangereusement enivrante. Une sensation plus forte que la pudeur, que le reproche ou le remords. Elle avait oublié combien il était réconfortant de sentir quelqu'un s'intéresser à elle.

Dix minutes plus tard, la conversation continuait sous le porche de la Maison du Cap. La brise du large faisait se balancer les lanternes à pétrole accrochées au mur. Lazarus, adossé à la rampe, regardait la cime des arbres qui s'agitaient dans le bois, une mer noire et murmurante.

Simone scruta le visage du fabricant de jouets.

— Je suis heureux que vous vous sentiez bien

dans cette maison, commenta Lazarus. Est-ce que vos enfants s'accoutument à la vie de La Baie bleue ?

— Je n'ai pas à me plaindre. Au contraire. En fait, Irène paraît déjà flirter avec un garçon du port. Il s'appelle Ismaël. Vous le connaissez ?

— Ismaël… oui, bien sûr. Un brave garçon, d'après ce que je sais, dit Lazarus, distant.

— Je l'espère. J'en suis toujours à attendre qu'elle me le présente.

— Les adolescents sont comme ça… Il faut savoir se mettre à leur place.

— Je suppose que je me conduis comme toutes les mères : de façon ridicule, en surprotégeant ma fille de quinze ans.

— C'est tout naturel.

— Je ne sais pas si elle est du même avis.

Lazarus sourit, mais n'ajouta rien.

— Que savez-vous de lui ? s'enquit Simone.

— D'Ismaël ? Eh bien… peu de chose… Je suis sûr qu'il est bon marin. On le tient pour un garçon introverti et peu enclin à se faire des amis. En réalité, je ne suis pas très au courant de la vie locale… Pourtant, je ne crois pas que vous deviez vous inquiéter.

Le bruit des voix montait jusqu'à sa fenêtre comme la spirale de fumée capricieuse d'une cigarette mal éteinte ; impossible de l'ignorer. Le murmure des vagues ne recouvrait pas vraiment la conversation entre Lazarus et sa mère, en bas, sous le porche, même si, un instant, Dorian avait souhaité qu'il l'empêche de parvenir à ses oreilles. Quelque chose, dans les inflexions, dans les phrases, l'inquiétait. Quelque chose d'indéfinissable, une présence invisible qui imprégnait tous leurs propos.

C'était peut-être l'idée d'entendre sa mère parler tranquillement avec un homme qui n'était pas son père, même s'agissant de Lazarus, que Dorian tenait pour son ami. C'était peut-être l'impression d'intimité que donnait leur échange. Peut-être, finit par penser Dorian, n'y avait-il là, de sa part, que de la méfiance et une stupide obstination à vouloir que sa mère ne puisse plus jamais profiter d'une conversation personnelle avec un autre homme. Et ça, c'était égoïste. Égoïste et injuste. Après tout, Simone, en plus d'être sa mère, était une femme de chair et de sang, elle avait besoin d'amitié et d'une autre compagnie que celle de ses enfants. Tous les bons livres l'affirmaient clairement. Dorian récapitula l'aspect théorique de son raisonnement. En pratique, néanmoins, c'était autre chose.

Timidement, sans allumer, Dorian alla à la fenêtre et jeta un coup d'œil furtif au porche. « Égoïste, et en plus espion », crut-il entendre lui souffler une voix intérieure. Dans l'anonymat commode de l'obscurité, il observa l'ombre de sa mère projetée sur le sol. Lazarus, debout, regardait l'océan, noir et impénétrable. Dorian sentit sa gorge se serrer. La brise agita les rideaux qui le dissimulaient ; et il fit instinctivement un pas en arrière. La voix de sa mère prononça quelques mots inintelligibles. Honteux de les avoir espionnés en cachette, il décida que tout ça ne le regardait pas.

Il était sur le point de s'éloigner en douceur de la fenêtre quand il distingua du coin de l'œil un mouvement dans la pénombre. Il se retourna immédiatement, les cheveux hérissés sur sa nuque. La chambre était plongée dans une obscurité à peine ponctuée de taches de clarté bleue filtrant à travers les rideaux ondoyants. Lentement, sa main tâtonna sur la table de nuit à la recherche de l'interrupteur de la lampe. Le bois était froid. Ses doigts mirent quelques secondes à trouver le bouton. Il pressa dessus. La spirale métallique à l'intérieur de l'ampoule cracha une flamme fugace et s'éteignit dans un soupir. L'éclair vaporeux l'aveugla un instant. Puis l'obscurité se fit plus dense, comme un profond puits d'eau noire.

« L'ampoule a claqué, se dit-il. Rien d'anormal. Le métal dans lequel est fabriquée la résistance, le wolfram, a une durée de vie limitée.» Il avait appris ça à l'école.

Toutes ces pensées rassurantes disparurent quand il aperçut de nouveau le mouvement dans l'ombre. Ou, plus précisément, l'ombre se mouvoir.

Il sentit une onde glacée le parcourir en constatant qu'une forme se déplaçait dans l'obscurité devant lui. Cette forme, noire et opaque, s'arrêta au centre de la chambre. « Elle m'observe », murmura la petite voix dans sa tête. L'ombre avança. Dorian comprit que ce n'était pas le plancher qui bougeait mais ses genoux qui tremblaient sous l'effet de sa terreur devant cette forme spectrale de noirceur qui s'approchait peu à peu.

Dorian recula jusqu'à la faible clarté entrant par la fenêtre, qui l'enveloppa d'un halo lumineux. L'ombre s'arrêta à la limite des ténèbres. Le garçon sentit que ses dents allaient s'entrechoquer, mais il serra fortement les mâchoires et réprima l'envie de fermer les yeux. Soudain, il crut entendre une voix. Il mit quelques secondes à comprendre que c'était la sienne. Le ton était ferme et sans trace de peur.

— Dehors ! murmurait-elle en direction de l'ombre. J'ai dit : dehors !

Un son terrifiant lui parvint, un son qui semblait être l'écho d'un rire lointain, cruel et maléfique. À cet instant, les traits de l'ombre se dessinèrent dans l'obscurité comme des reflets dans une eau couleur d'obsidienne. Noirs. Démoniaques.

— Dehors ! s'entendit-il répéter.

La forme de vapeur noire s'évanouit sous ses yeux et l'ombre traversa la chambre à toute vitesse, tel un nuage de gaz brûlant, jusqu'à la porte. Une fois là, elle se mua en une spirale fantasmagorique qui s'infiltra dans le trou de la serrure, tornade de ténèbres avalée par une force invisible.

À cet instant seulement, le filament de l'ampoule brilla de nouveau et, cette fois, la chambre baigna dans une chaude lumière. Le retour brutal de l'électricité arracha à Dorian un cri de panique qui s'étouffa dans sa gorge. Ses yeux parcoururent tous les coins de la pièce, mais il ne restait aucune trace de l'apparition qu'il avait cru voir quelques secondes plus tôt.

Il respira profondément et se dirigea vers la porte. Il posa la main sur la poignée. Le métal était froid comme de la glace. En réunissant tout son courage, il ouvrit et scruta le couloir. Rien.

Doucement, il referma la porte et retourna à la fenêtre. En bas, devant le porche, Lazarus prenait congé de sa mère. Juste avant de partir, le marchand de jouets se pencha et l'embrassa sur la joue. Un baiser bref, presque un frôlement. Dorian sentit son estomac rétrécir pour atteindre le volume d'un petit pois. L'instant d'après, l'homme leva les yeux et lui sourit. Le sang de Dorian se glaça dans ses veines.

Le fabricant de jouets s'éloigna lentement en direction du bois, sous la lumière de la lune, et Dorian, malgré tous ses efforts, fut incapable de voir où se projetait son ombre. Peu après, l'obscurité l'engloutit.

Après avoir suivi un long couloir qui reliait la fabrique à la résidence, Ismaël et Irène pénétrèrent dans les profondeurs de Cravenmoore. Sous le manteau de la nuit, la demeure de Lazarus était un palais de ténèbres, dont les galeries peuplées de dizaines de créatures mécaniques s'étendaient dans toutes les directions. La lumière centrale qui couronnait l'escalier en spirale, au centre de la maison, répandait une pluie de reflets pourpres, dorés et bleus qui se réverbéraient comme des bulles échappées d'un kaléidoscope.

Aux yeux d'Irène, les silhouettes des automates endormis et les visages inanimés le long des murs suggéraient un étrange sortilège dont les âmes de dizaines d'anciens habitants de la demeure auraient été les victimes. Ismaël, plus prosaïque, ne voyait en eux que le reflet du cerveau labyrinthique et insondable qui les avait créés. Et ça ne le rassurait pas pour autant ; au contraire, à mesure qu'ils progressaient dans le domaine privé de Lazarus Jann, la présence invisible du fabricant de jouets se faisait plus prégnante. Sa personnalité était inscrite dans les détails les plus infimes de cette construction baroque : depuis le plafond, en forme de voûte décorée de fresques illustrant des contes célèbres, jusqu'au sol qu'ils foulaient et qui donnait l'impression d'un lacis hypnotique en trompe-l'œil dont l'extravagant effet optique se prolongeait à l'infini. Marcher dans Cravenmoore, c'était comme s'enfoncer dans un rêve à la fois enivrant et terrifiant.

Ismaël fit halte au pied d'un des escaliers et inspecta avec soin la spirale qui se perdait dans les hauteurs. Pendant ce temps, Irène s'aperçut que le visage d'une horloge mécanique en forme de soleil ouvrait les yeux et leur souriait. Au moment où l'aiguille des heures atteignait la verticale de minuit, le cadran pivota sur lui-même et le soleil fit place à une lune qui irradiait une lumière spectrale. Les yeux obscurs et brillants de la lune se tournaient lentement d'un côté puis de l'autre.

— Montons, murmura Ismaël. La chambre d'Hannah était au deuxième étage.

— Il y a des dizaines de chambres, Ismaël. Comment reconnaître la sienne ?

— Hannah m'a expliqué qu'elle était au bout du couloir et donnait sur la baie.

Irène acquiesça, tout en n'étant guère convaincue. Le garçon paraissait aussi accablé qu'elle par l'atmosphère du lieu, mais il ne l'aurait jamais admis. Ils jetèrent un dernier coup d'œil à l'horloge.

— Il est déjà minuit. Lazarus sera bientôt là, dit Irène.

— Dépêchons-nous.

Décrivant des rayons de plus en plus courts, comme l'accès au dôme d'une grande cathédrale, l'escalier s'enroulait en une spirale compliquée qui défiait la loi de la gravité. Après une ascension vertigineuse, ils parvinrent au premier étage. Ismaël prit la main d'Irène et continua de monter. Le rayon de la spirale rétrécissait, et celle-ci se transformait peu à peu en un œsophage foré dans la pierre, capable de rendre n'importe qui claustrophobe.

— Encore un petit effort, dit le garçon en interprétant le silence angoissé d'Irène.

Une éternité plus tard – en réalité une vingtaine de secondes –, ils purent s'échapper de ce boyau asphyxiant et atteindre le palier qui donnait accès au deuxième étage de Cravenmoore. Devant eux s'étendait le couloir principal de l'aile est. Une meute de figures pétrifiées les guettait dans l'ombre.

— Il serait préférable de nous séparer, affirma Ismaël.

— Je savais que tu dirais ça.

— Mais tu peux choisir le côté que tu veux explorer, proposa-t-il en essayant de plaisanter.

Irène inspecta les deux directions. Côté est, on distinguait trois corps aux têtes encapuchonnées autour d'un énorme chaudron : des sorcières. Elle indiqua la direction opposée.

— Par là.

— Ce ne sont que des machines, Irène, lui rappela Ismaël. Elles n'ont pas de vie. De simples jouets.

— Tu me répéteras ça demain.

— D'accord. Je vais explorer ce côté. Nous nous retrouverons ici dans un quart d'heure. Si nous n'avons rien découvert, tant pis, on s'en ira. Je te le promets.

Elle acquiesça. Ismaël lui tendit sa boîte d'allumettes.

— Au cas où tu en aurais besoin.

Irène la mit dans la poche de sa veste et adressa un dernier regard à Ismaël. Le garçon se pencha et l'embrassa légèrement sur les lèvres.

— Bonne chance, murmura-t-il.

Avant qu'elle ait pu lui répondre, il s'éloigna vers l'extrémité du couloir en s'enfonçant dans le noir. « Bonne chance », pensa Irène.

L'écho des pas du garçon se perdit. La jeune fille respira profondément et se dirigea vers l'autre bout du corridor qui traversait l'axe central de la demeure. Il bifurquait en arrivant au grand escalier. Irène se pencha légèrement sur le bord de l'abîme qui descendait jusqu'au rez-de-chaussée. Un faisceau de lumière décomposée tombait à la verticale depuis une sorte de lanterne située au sommet, traçant un arc-en-ciel qui égratignait les ténèbres.

De ce point, la galerie partait dans deux directions, le sud et l'ouest. L'aile ouest était la seule à donner sur la baie. Sans la moindre hésitation, Irène s'engagea dans le long couloir, laissant derrière elle la lumière réconfortante qui émanait de la lanterne. Tout à coup, elle vit que des voiles de gaze à demi transparents barraient le passage. Au-delà le corridor prenait une physionomie ostensiblement différente du reste de la galerie. On n'y voyait plus aucune silhouette en train de guetter dans l'ombre. Une lettre était brodée sur les rideaux. Une initiale :

*A*

Irène écarta les voiles de gaze et traversa cette étrange frontière qui divisait l'aile ouest en deux. Un souffle froid lui effleura le visage et, pour la première fois, elle se rendit compte que les murs étaient couverts d'un enchevêtrement de bois gravés. De là, on ne voyait que trois portes. Deux, de part et d'autre du corridor, et la troisième, la plus grande, au fond, marquée de la même initiale que celle qu'elle venait de lire sur le rideau.

Elle marcha lentement vers cette porte. Les bois gravés autour d'elle représentaient des scènes incompréhensibles où figuraient d'étranges créatures. Chacune se juxtaposait aux autres, formant un océan de hiéroglyphes dont la signification lui échappait complètement. Lorsqu'elle arriva devant la porte, l'idée prit corps dans son esprit qu'il était peu probable qu'Hannah ait occupé une chambre dans un tel endroit. La fascination que produisait sur elle cet espace était néanmoins plus forte que l'atmosphère sinistre de sanctuaire interdit qu'on y respirait. Une présence intense semblait flotter dans l'air. Une présence presque palpable.

Irène sentit les battements de son cœur s'accélérer et posa une main tremblante sur la poignée de la porte. Quelque chose l'arrêta. Un pressentiment. Il était encore temps de revenir en arrière, de retrouver Ismaël et de fuir cette maison avant le retour de Lazarus. La poignée tourna doucement sous ses doigts, glissant sur la peau. Irène ferma les yeux. Elle n'avait aucune raison d'entrer. Il lui suffisait de refaire le trajet dans l'autre sens. Elle n'avait aucune raison de céder à cette atmosphère irréelle d'envoûtement qui lui soufflait d'ouvrir la porte et d'en franchir irrémédiablement le seuil. Elle ouvrit les yeux.

Le corridor était là, qui lui montrait le chemin du retour dans les ténèbres. Elle soupira et, un instant, ses yeux se perdirent dans les reflets qui teintaient les voiles de gaze. C'est alors que la silhouette obscure se découpa derrière le rideau et s'arrêta de l'autre côté.

— Ismaël ? murmura-t-elle.

La silhouette resta là quelques instants, puis, sans produire le moindre bruit, se retira de nouveau dans l'ombre.

— Ismaël, c'est toi ? demanda-t-elle encore.

Le lent poison de la panique avait commencé à se répandre dans ses veines. Sans quitter ce point des yeux, elle ouvrit la porte et entra dans la chambre, refermant derrière elle. Pendant une seconde, la lumière couleur saphir qui filtrait des grandes fenêtres, hautes et étroites, l'aveugla. Puis, ses pupilles s'acclimatant à la clarté évanescente de la pièce, elle parvint, les mains tremblantes, à gratter une des allumettes que lui avait données Ismaël. La lueur cuivrée de la flamme l'aida à découvrir une salle somptueuse, digne d'un palais, dont le luxe et la splendeur sortaient tout droit d'un conte de fée.

Au plafond, des lambris labyrinthiques dessinaient un tourbillon baroque autour du centre de la pièce. À une extrémité, un superbe baldaquin d'où pendaient de longs rideaux dorés abritait un lit. Au milieu de la chambre, une table en marbre supportait un échiquier dont les pièces étaient taillées dans le cristal. À l'autre extrémité, Irène découvrit une deuxième source de lumière qui contribuait à iriser l'atmosphère : le foyer caverneux d'une cheminée où rougeoyaient les braises d'énormes bûches. Au-dessus, trônait un grand portrait. Un visage blanc doté des traits les plus délicats que l'on puisse imaginer chez un être humain entourait les yeux profonds et tristes d'une femme d'une beauté poignante. La dame du portrait portait une longue robe blanche et, derrière elle, on distinguait l'îlot du phare dans la baie.

Irène avança lentement jusqu'au pied du lit en

tenant l'allumette en l'air jusqu'à ce que la flamme lui brûle les doigts. Elle passa sa langue sur la brûlure et repéra un chandelier sur un secrétaire. Elle n'en avait pas vraiment besoin, mais elle alluma tout de même la bougie. La flamme répandit de nouveau autour d'elle un halo de clarté. Sur le secrétaire, un livre relié en cuir était ouvert.

Irène reconnut l'écriture qui lui était devenue familière sur le papier parcheminé couvert d'une couche de poussière qui permettait à peine de lire les mots écrits sur la page. Elle souffla légèrement, et un nuage de mille particules brillantes se répandit au-dessus du secrétaire. Elle feuilleta le livre pour revenir à la première page. Elle l'approcha de la lumière et put déchiffrer les mots imprimés en lettres d'argent. Lentement, à mesure que son esprit comprenait toute leur signification, un intense frisson s'enfonça comme une aiguille glacée à la base de sa nuque.

*Alexandra Alma Maltisse*
*Lazarus Jann*
*1915*

Un tison craqua dans la cheminée, projetant de petites étincelles qui s'évanouirent au contact du sol. Irène ferma le livre et le reposa sur le secrétaire. Elle se rendit alors compte qu'à l'autre bout de la pièce, derrière les rideaux du baldaquin qui ondulaient, quelqu'un l'observait. Une mince silhouette était couchée sur le lit. Une femme. Irène fit quelques pas vers elle. La femme leva une main.

— Alma ? murmura Irène, effrayée par le son de sa propre voix.

Elle parcourut les mètres qui la séparaient du lit et s'arrêta de l'autre côté. Son cœur battait violemment et sa respiration était entrecoupée. Doucement, elle écarta les rideaux. À cet instant, une rafale d'air froid balaya la pièce et agita les rideaux. Irène se retourna. Une ombre se répandait sur le sol, en passant sous la porte comme une grande tache d'encre. Un son spectral, une voix lointaine et chargée de haine, chuchota quelque chose dans l'obscurité du couloir.

Un instant plus tard, la porte s'ouvrit avec une force irrésistible et alla cogner contre le mur, arrachant pratiquement ses gonds. Lorsque la serre aux ongles aiguisés comme de longues lames d'acier émergea de l'obscurité, Irène cria jusqu'à en perdre la voix.

Ismaël commençait à penser qu'il avait commis une erreur en tentant de situer mentalement la chambre d'Hannah. Lorsqu'elle l'avait décrite chez eux, le garçon avait dressé son propre plan de Cravenmoore. Mais la structure labyrinthique de la demeure se révélait indéchiffrable. Toutes les chambres de l'aile qu'il avait décidé d'explorer étaient fermées à double tour. Malgré tout son art, pas une seule serrure n'avait cédé, et les aiguilles de sa montre ne semblaient éprouver aucune compassion pour son total échec.

Les quinze minutes convenues s'étaient évaporées, et l'idée d'abandonner les recherches pour cette nuit se faisait tentatrice. Un simple coup d'œil au décor lugubre du lieu lui suggérait mille et une excuses pour s'en échapper. Il avait déjà pris la décision de quitter la maison quand il entendit le cri d'Irène, à peine un filet de voix traversant les ténèbres de Cravenmoore depuis quelque endroit perdu. L'écho se répandait dans toutes les directions. Ismaël sentit la montée d'adrénaline qui brûlait ses veines et courut aussi vite que ses jambes le lui permettaient vers l'autre bout de cette galerie monumentale.

Ses yeux ne prirent pas le temps de s'arrêter sur le sinistre tunnel bordé de formes ténébreuses dans lequel il s'enfonçait. Il traversa le halo spectral de la lanterne de la coupole et dépassa le croisement des galeries autour de l'escalier central. L'entremêlement des dalles du sol fuyait sous ses pieds, et la perspective vertigineuse du couloir filait sous son regard dans une course vers l'infini.

Les cris d'Irène parvinrent de nouveau à ses oreilles, cette fois plus proches. Il traversa des voiles transparents et détecta enfin l'entrée de la chambre du fond de l'aile ouest. Sans hésiter une seconde ni savoir ce qui l'attendait, il se précipita à l'intérieur.

Les contours diffus d'une chambre monumentale se déployèrent devant lui à la lueur des braises qui crépitaient dans la cheminée. La silhouette d'Irène se découpant sur la grande fenêtre baignée de lumière bleue le réconforta un instant, mais, tout de suite, il devina la terreur aveugle qui remplissait ses yeux. Il se retourna instinctivement. La vision qu'il découvrit brouilla ses sens en le paralysant comme l'eût fait la danse hypnotique d'un serpent.

Se dressant dans l'ombre, une forme titanesque déplia deux ailes noires, les ailes d'une chauve-souris. Ou d'un démon. L'ange tendit ses longs bras qui se terminaient par des serres, munies à leur tour de doigts longs et noirs, et le fil acéré de leurs griffes brilla devant son visage, voilé par une cagoule.

Ismaël recula d'un pas en direction du feu. L'ange leva la tête, dévoilant ses traits à la lueur des braises. Il y avait dans cette forme sinistre autre chose qu'une simple mécanique. Quelque chose qui s'était réfugié à l'intérieur pour la transformer en un pantin infernal, une présence palpable et maléfique. Le garçon lutta pour ne pas fermer les yeux et attrapa l'extrémité intacte d'une longue bûche embrasée. Brandissant la bûche devant l'ange, il indiqua le seuil de la chambre.

— Va lentement vers la porte, murmura-t-il à Irène.

La jeune fille, paralysée par la panique, ignora sa demande.

— Fais ce que je te dis ! ordonna énergiquement Ismaël.

Le ton de sa voix la réveilla. En tremblant, elle fit signe qu'elle avait compris et marcha vers la porte. À peine avait-elle fait deux mètres, que l'ange se tourna vers elle tel un fauve vigilant et patient. Elle sentit ses pieds se confondre avec le sol.

— Ne le regarde pas et continue à marcher, indiqua Ismaël sans cesser de brandir le tison embrasé devant l'ange.

Elle fit un pas de plus. La créature pencha la tête vers elle, et elle laissa échapper un gémissement.

Ismaël, profitant de la diversion, frappa l'ange sur un côté de la tête avec le tison. Le choc souleva une pluie de braises. Avant qu'il ait pu le retirer, une des serres agrippa le bois, et des ongles de cinq centimètres, puissants comme des couteaux de chasse, le réduisirent en miettes. L'ange avança vers Ismaël. Le sol vibra sous son poids.

— Tu n'es qu'une maudite machine. Un maudit tas de fer-blanc…, murmura le garçon tout en essayant d'effacer de son esprit l'effet terrifiant de ces yeux écarlates.

Les pupilles démoniaques de la créature s'étrécirent lentement jusqu'à n'être plus qu'un filament sanglant sur les cornées d'obsidienne, imitant les yeux d'un grand félin. L'ange fit un nouveau pas. Ismaël jeta un coup d'œil rapide à la porte. Elle était à plus de huit mètres. Pour lui, il n'y avait pas d'échappatoire possible, mais pour Irène, si.

— Quand je te le dirai, cours vers la porte et ne t'arrête pas avant d'être sortie de la maison.

— Qu'est-ce que tu dis ?

— Ne discute pas, protesta Ismaël sans quitter la créature des yeux. Cours !

Le garçon était en train de calculer mentalement le temps qu'il lui faudrait pour courir jusqu'à la fenêtre et essayer de s'échapper par les aspérités de la façade, quand se produisit un fait inattendu. Irène, au lieu de gagner la porte, prit à son tour un morceau de bois qui brûlait dans l'âtre et fit face à l'ange.

— Regarde-moi, pauvre type ! cria-t-elle en mettant le feu à la cape qui couvrait l'ange, ce qui arracha un cri de rage à l'ombre tapie à l'intérieur.

Ismaël, stupéfait, se précipita vers Irène et arriva juste à temps pour la plaquer au sol, avant qu'elle ne soit déchiquetée par les cinq lames de la serre. La cape de l'ange se transforma en manteau de flammes et la silhouette colossale de la créature devint une spirale de feu. Ismaël saisit le bras d'Irène et la releva. Ensemble, ils essayèrent de courir vers la sortie, mais l'ange leur barra le chemin après avoir arraché le rideau de feu qui le masquait. Une structure d'acier noirci apparut derrière les flammes.

Ismaël, sans lâcher la jeune fille une seconde (en prévision de nouvelles démonstrations d'héroïsme), la traîna jusqu'à la fenêtre et lança une chaise contre la vitre. Une pluie d'éclats de verre s'abattit sur eux et le vent froid de la nuit souleva les rideaux jusqu'au plafond. Ils sentaient dans leur dos les pas de l'ange qui marchait sur eux.

— Vite ! Saute sur la corniche !

— Quoi ? gémit Irène, incrédule.

Sans s'attarder à discuter, il la poussa vers l'extérieur. Elle passa à travers les dents des brèches ouvertes dans les vitres et se trouva devant un à-pic de près de quarante mètres. Son cœur bondit dans sa poitrine : elle était convaincue que quelques dixièmes de secondes suffiraient pour que son corps soit précipité dans le vide. Mais Ismaël ne lâcha pas prise et la tira violemment pour la rétablir en équilibre sur l'étroite corniche qui longeait la façade comme une passerelle dans les nuages. Il sauta à sa suite et la poussa devant lui. Le vent figea la sueur qui coulait sur son visage.

— Ne regarde pas en bas ! cria-t-il.

Ils avaient à peine parcouru un mètre quand l'ange apparut à la fenêtre ; ses griffes arrachèrent à la pierre une pluie d'étincelles, y laissant quatre cicatrices. Irène cria en sentant ses pieds trembler sur la corniche et son corps pencher dangereusement vers le vide.

— Je ne peux pas continuer, Ismaël, annonça-t-elle. Un pas de plus et je tombe.

— Tu peux. Et tu le feras. Avance, la pressa-t-il en lui tenant très fort la main. Si tu tombes, nous tomberons tous les deux.

Elle tenta de sourire. Soudain, quelques mètres plus

loin, une fenêtre explosa en projetant au-dehors mille éclats de verre. Les serres de l'ange apparurent et, un instant plus tard, tout le corps de la créature adhéra à la façade comme une araignée.

— Mon Dieu…, gémit Irène.

Ismaël tenta de reculer tout en la tirant. L'ange rampa sur la pierre ; sa silhouette se confondait presque avec les faces diaboliques des gargouilles qui saillaient de la frise couronnant le haut de Cravenmoore.

Le garçon fit fonctionner son esprit à toute vitesse pour explorer le champ de vision qui s'ouvrait devant eux. La créature progressait peu à peu dans leur direction.

— Ismaël…

— Oui, oui, je sais !

Il calcula les possibilités de survivre à un saut d'une telle hauteur : zéro, en étant généreux. L'autre solution, celle de retourner dans la chambre, exigeait trop de temps. Revenir sur leur pas en suivant la corniche permettrait à l'ange de fondre sur eux. Il savait qu'il ne bénéficiait que de quelques secondes pour prendre une décision, quelle qu'elle soit. La main d'Irène serra encore plus fort la sienne ; elle tremblait. Il jeta un dernier coup d'œil sur l'ange qui rampait vers eux, lentement mais inexorablement. La gorge serrée, il regarda dans l'autre direction. Le système d'écoulement des eaux descendait, collé à la façade, sous leurs pieds. La moitié de son cerveau se demandait si les canalisations pourraient supporter le poids de deux personnes, pendant que l'autre moitié s'interrogeait déjà sur la manière de saisir cette dernière chance qui s'offrait à eux.

— Accroche-toi à moi, chuchota-t-il, décidé.

Irène le regarda ; puis elle regarda en bas, un abîme, et lut dans ses pensées.

— Oh, mon Dieu !

Ismaël lui fit un clin d'œil.

— Bonne chance, murmura-t-il.

Les griffes de l'ange se plantèrent à quatre centimètres de son visage. Irène cria et se cramponna à Ismaël en fermant les yeux. Ils glissaient dans une chute vertigineuse. Quand Irène rouvrit les paupières, ils étaient tous les deux suspendus dans le vide. Ismaël, dans l'impossibilité de ralentir leur trajectoire, filait le long de la gouttière. Elle eut une nausée. Au-dessus d'eux, l'ange frappa la canalisation, l'écrasant contre la façade. Ismaël sentit que le frottement lui arrachait impitoyablement la peau des mains et des avant-bras, lui infligeant une sensation de brûlure qui ne tarda pas à devenir une douleur aiguë. L'ange rampa jusqu'à eux et essaya d'attraper la gouttière… Sous son poids, elle se détacha du mur.

Et la masse métallique de la créature fut précipitée dans le vide, entraînant avec elle toute la canalisation. Celle-ci, portant toujours Ismaël et Irène, traça une courbe dans l'air en s'inclinant vers le sol. Le garçon lutta pour ne pas perdre le contrôle, mais la douleur et la vitesse à laquelle ils tombaient étaient plus fortes que sa volonté.

La canalisation lui échappa et tous deux furent précipités dans le grand bassin qui bordait l'aile ouest de Cravenmoore. Quand ils touchèrent la surface de l'eau noire et glaciale, le choc fut d'une violence furieuse. La force d'inertie les propulsa jusqu'au fond glissant de l'étang. Irène sentit l'eau pénétrer dans ses fosses nasales et lui brûler la gorge. Une vague de panique l'assaillit. Elle ouvrit les yeux et ne distingua qu'un gouffre de noirceur à travers ses paupières enflammées. Une silhouette apparut près d'elle : Ismaël. Le garçon l'attrapa et la fit remonter à la surface. Ils émergèrent à l'air libre en libérant leurs poumons.

— Vite ! dit Ismaël.

Elle vit des marques et des blessures sur ses mains et ses bras.

— Ce n'est rien, mentit le garçon en bondissant hors du bassin.

Elle l'imita. Leurs vêtements étaient transformés en éponge et le froid de la nuit leur collait à la peau comme un douloureux manteau de givre. Ismaël scruta l'obscurité.

— Où est-il ? s'enquit Irène.

— Peut-être que le choc de la chute l'a…

Quelque chose remua entre les arbustes. Tout de suite, ils reconnurent les yeux écarlates. L'ange était toujours là, et, quelle que soit la chose qui guidait ses mouvements, celle-ci n'était pas disposée à les laisser s'échapper vivants.

— Cours !

Ils se précipitèrent à toute allure vers l'orée du bois. Leurs vêtements mouillés entravaient leur course, et le froid les pénétrait jusqu'aux os. Le bruit de l'ange dans les buissons parvint jusqu'à eux. Ismaël tira Irène de toutes ses forces en se dirigeant vers la partie la plus profonde du bois, là où la brume s'épaississait.

— Où allons-nous ? gémit Irène, consciente qu'ils s'enfonçaient dans une région qui lui était inconnue.

Ismaël ne se donna pas la peine de répondre et se borna à l'entraîner désespérément. Elle sentit les broussailles lui déchirer les chevilles et le poids de la fatigue paralyser ses muscles. Elle ne tiendrait pas ce rythme longtemps. Dans quelques secondes, la créature allait les atteindre dans les entrailles du bois et les déchiquetterait avec ses griffes.

— Je ne peux plus continuer…

— Si, tu peux !

Le garçon la tirait toujours. La tête lui tournait. Elle percevait le craquement de branches cassées juste derrière eux. Un instant, elle crut qu'elle allait s'évanouir, mais une violente douleur dans la jambe lui rendit sa conscience. Une serre de l'ange, jaillissant des taillis, lui avait entaillé une cuisse. Elle cria. La face de la créature surgit derrière eux. Irène tenta de fermer les yeux, mais elle ne put écarter son regard de ce fauve infernal.

À ce moment, l'entrée d'une grotte dissimulée dans les broussailles se présenta devant eux. Ismaël se jeta à l'intérieur en l'entraînant avec lui. C'était donc là l'endroit où il voulait se réfugier ? Une caverne. Croyait-il que l'ange hésiterait à poursuivre sa chasse à l'intérieur ? Pour toute réponse, elle entendit le bruit des serres griffant les parois rocheuses de la grotte. Ismaël continua de la traîner le long d'une étroite galerie pour s'arrêter près d'un orifice dans le sol, un trou ouvert sur le vide. Un vent froid imprégné d'odeurs salines en sortait. Une rumeur intense rugissait en bas, dans l'obscurité. De l'eau. La mer.

— Saute ! lui ordonna le garçon.

Irène scruta la béance noire. Tant qu'à faire, une porte donnant directement sur l'enfer lui aurait paru plus attirante.

— Qu'est-ce qu'il y a, dessous ?

Ismaël soupira, épuisé. Les pas de l'ange résonnaient, proches. Très proches.

— C'est un accès à la grotte des Chauves-Souris.

— La seconde entrée ? Tu m'as dit qu'elle était dangereuse !

— On n'a pas le choix.

Leurs regards se rencontrèrent dans la pénombre. À deux mètres de là, l'ange noir fit grincer ses serres. Ismaël acquiesça. Irène prit sa main et, fermant les yeux, sauta dans le vide avec lui. L'ange se lança derrière eux, traversa l'entrée de la grotte et se précipita à l'intérieur pour sauter, lui aussi.

La chute dans le noir parut interminable. Lorsque, finalement, leurs corps s'enfoncèrent dans la mer, la morsure du froid attaqua chaque pore de leur peau. En remontant à la surface, ils ne virent qu'un mince fil de clarté tomber de l'orifice dans la voûte. Le va-et-vient de la houle les poussait contre des parois aux arêtes coupantes.

— Où est-il ? demanda de nouveau Irène en luttant pour contenir le tremblement provoqué par la température glaciale de l'eau.

Pendant un bref laps de temps, ils restèrent enlacés en silence, s'attendant à tout moment à voir cette invention infernale émerger des eaux et mettre fin à leurs vies dans l'obscurité de la caverne. Mais ce moment ne devait jamais arriver, et Ismaël fut le premier à s'en rendre compte.

Les yeux écarlates de l'ange brillaient intensément au fond de la grotte. Le poids énorme de la créature l'empêchait de flotter. Un rugissement de colère leur parvint. Cette présence qui manœuvrait l'ange se tordait de rage en s'apercevant que son pantin meurtrier était tombé dans un piège qui le rendait inutilisable. Cette masse de métal ne parviendrait jamais à remonter à la surface. Elle était condamnée à rester au fond de la caverne jusqu'à ce que la mer la transforme en un tas de ferraille rouillée.

Les jeunes gens observèrent sans bouger l'éclat des yeux qui pâlissait puis s'évanouissait définitivement. Ismaël laissa échapper un soupir de soulagement. Irène pleurait en silence.

— C'est fini, murmura-t-elle en tremblant. C'est fini.

— Non, dit Ismaël. C'était seulement une mécanique, sans vie et sans volonté. Quelque chose la dirigeait de l'intérieur. Ce qui a essayé de nous tuer est toujours là...

— Mais qu'est-ce que c'est ?

— Je l'ignore...

À ce moment, une explosion se produisit au fond de la grotte. Un nuage de bulles noires émergea de l'océan, pour former un spectre noir qui rampa le long des parois rocheuses jusqu'à l'ouverture dans la voûte. Une fois en haut, l'ombre s'arrêta et les observa.

— Il s'en va ? demanda Irène, épouvantée.

Un rire sauvage et venimeux inonda la grotte. Ismaël fit longuement non de la tête.

— Il nous laisse ici... pour que la marée fasse le reste...

L'ombre s'échappa par l'entrée de la grotte.

Ismaël soupira et conduisit Irène vers un petit rocher qui affleurait et offrait juste assez d'espace pour tous les deux. Il la hissa sur la dalle et la prit dans ses bras. Ils grelottaient, ils étaient blessés, mais, pendant quelques minutes, ils se bornèrent à rester étendus sur le rocher et à respirer profondément, en silence. À un moment, Ismaël remarqua que l'eau frôlait de nouveau leurs pieds et comprit que la marée montait. Ce n'était pas l'être qui les poursuivait qui avait été pris au piège, c'étaient eux…

L'ombre les avait abandonnés à une mort lente et atroce.

## 10

# Pris au piège

La mer rugissait en déferlant à l'entrée de la grotte des Chauves-Souris. Les courants glacés de la Baie noire s'engouffraient violemment dans les passages entre les rochers, avec un bruit dont la violence se répercutait dans toute la caverne plongée dans l'obscurité. L'orifice creusé dans la roche planait au-dessus d'eux, impossible à atteindre, comme la lanterne d'une coupole. En quelques minutes l'eau était montée de plusieurs centimètres. Irène ne tarda pas à s'apercevoir que la superficie du rocher qu'ils occupaient comme des naufragés rétrécissait. Millimètre après millimètre.

— La marée monte, murmura-t-elle.

Ismaël, abattu, se borna à confirmer.

— Qu'allons-nous devenir ? demanda-t-elle en prévoyant la réponse mais en espérant que le garçon, inépuisable boîte à malices, allait sortir de sa manche une trouvaille de dernière heure.

Il lui adressa un regard sombre. Les espoirs d'Irène s'évanouirent à l'instant.

— Quand la marée monte, elle bloque l'entrée de la grotte, expliqua-t-il. Et il n'y a pas d'autre issue que ce trou dans la voûte, mais nous n'avons aucun moyen d'y arriver.

Il fit une pause et son visage se perdit dans l'ombre.

— Nous sommes pris au piège, conclut-il.

À l'idée de la marée montant lentement pour les noyer comme des rats dans une obscurité de cauchemar, le sang d'Irène se glaça. Pendant qu'ils fuyaient cette créature mécanique, l'adrénaline avait injecté suffisamment d'excitation dans ses veines pour l'empêcher de raisonner. Maintenant qu'elle grelottait de froid dans le noir, la perspective d'une mort lente lui apparaissait insoutenable.

— Il doit bien exister un moyen de sortir d'ici, insista-t-elle.

— Il n'y en a pas.

— Alors, qu'est-ce qu'on va faire ?

— Pour le moment, attendre…

Irène comprit qu'elle ne pouvait pas continuer à harceler Ismaël avec ses questions. Probablement plus conscient du risque, il devait être plus effrayé qu'elle. Et, à bien y réfléchir, changer de conversation ne leur ferait pas de mal.

— Il y a quelque chose…, commença-t-elle. Pendant que nous étions à Cravenmoore… Quand je suis entrée dans cette chambre, j'y ai vu quelque chose. Qui concernait Alma Maltisse…

Ismaël lui lança un coup d'œil impénétrable.

— Je crois… je crois qu'Alma Maltisse et Alexandra Jann sont la même personne. Alma Maltisse était le nom de jeune fille d'Alexandra avant son mariage avec Lazarus.

— C'est impossible. Alma Maltisse s'est noyée devant l'îlot du phare il y a des années, objecta Ismaël.

— Mais personne n'a retrouvé son corps…

— C'est impossible, insista-t-il.

— Pendant que j'étais dans cette chambre, j'ai observé son portrait et… il y avait quelqu'un couché sur le lit. Une femme.

Ismaël se frotta les yeux et tenta de mettre ses idées au clair.

— Un moment. Supposons que tu aies raison. Supposons qu'Alma Maltisse et Alexandra Jann soient la même personne. Qui est la femme que tu as vue à Cravenmoore ? Qui est la femme qui pendant toutes ces années est restée cloîtrée là, en assumant l'identité de l'épouse malade de Lazarus ?

— Je ne sais pas… Plus nous en apprenons, moins je comprends. Et il y a encore autre chose qui me préoccupe. Quelle était la signification de cette forme humaine que nous avons vue dans l'atelier des jouets ? C'était une réplique de ma mère. Rien que d'y penser, j'en ai la chair de poule. Lazarus est en train de donner le visage de ma mère à un jouet qu'il a fabriqué…

Une vague glacée inonda leurs chevilles. Le niveau de la mer était monté de plusieurs centimètres depuis qu'ils étaient là. Ils échangèrent un regard angoissé. La mer rugit de nouveau et une déferlante explosa à l'entrée de la grotte. La nuit promettait d'être longue.

Minuit avait laissé sur les falaises une traînée de brouillard qui montait degré après degré depuis l'embarcadère jusqu'à la Maison du Cap. La lampe à pétrole se balançait encore, agonisante, sous le porche. À l'exception de la rumeur des vagues et du chuchotement des feuilles dans le bois, le silence était absolu. Dorian était dans son lit, tenant un petit bocal dans lequel il avait fixé une bougie allumée. Il ne voulait pas que sa mère voie la lumière, et il ne se fiait plus à sa lampe depuis ce qui s'était passé. La flamme dansait capricieusement sous son haleine comme l'esprit d'une fée de feu. Dans tous les coins se dessinaient des reflets qu'il n'aurait jamais soupçonnés. Il soupira. Cette nuit, tout l'or du monde ne parviendrait pas à lui faire fermer l'œil.

Peu après le départ de Lazarus, Simone était montée le voir dans sa chambre pour s'assurer que tout allait bien. Dorian s'était recroquevillé tout habillé sous les draps afin de lui offrir un spectacle d'anthologie, celui du doux sommeil des innocents, et sa mère s'était retirée chez elle contente et disposée à l'imiter. Il y avait déjà de cela des heures, peut-être des années, suivant les estimations du garçon. La nuit interminable lui avait donné l'occasion de constater à quel point ses nerfs étaient tendus comme des cordes de violon. Chaque reflet, chaque craquement, chaque ombre était une menace qui faisait repartir son cœur au galop.

Lentement, la flamme de la bougie se réduisit à la taille d'une minuscule bulle bleue, dont la pâleur peinait à s'infiltrer dans la pénombre. Il ne fallut qu'un instant à l'obscurité pour réoccuper l'espace qu'elle avait cédé à contrecœur. Dorian sentait les gouttes de cire chaude durcir dans le verre. À quelques centimètres de là, sur la table de nuit, l'ange de métal que Lazarus lui avait donné l'observait en silence. « Ça suffit comme ça », pensa Dorian, décidé à appliquer sa technique favorite pour combattre les insomnies et les cauchemars : manger.

Il écarta les draps et se leva. Il choisit de ne pas

mettre de chaussures, pour éviter les cent mille grincements qui se précipitaient sous ses pieds chaque fois qu'il prétendait se déplacer en silence dans la Maison du Cap et, rassemblant tout le courage qui lui restait, il traversa la chambre sur la pointe des pieds jusqu'à la porte. Faire tourner la poignée et ne pas déclencher l'habituel concert nocturne de gonds rouillés lui prit dix longues secondes, mais ça en valait la peine. Il ouvrit lentement et examina le panorama. Le couloir se perdait dans le noir et l'ombre de l'escalier traçait une trame de clair-obscur sur le mur. Pas un grain de poussière ne bougeait dans l'air. Il se faufila prudemment jusqu'à l'escalier en passant devant la chambre d'Irène.

Sa sœur était allée se coucher des heures plus tôt en prétextant une terrible migraine, ce qui n'empêchait pas Dorian de soupçonner qu'elle était encore en train de lire, ou alors d'écrire une de ses lettres détestables à son amoureux, ce matelot avec qui elle passait dernièrement plus d'heures que n'en comptait la journée. Depuis qu'il l'avait vue accoutrée de cette robe de Simone, il savait qu'il ne pouvait plus attendre d'elle qu'une chose : des problèmes. Pendant qu'il descendait les marches à la manière d'un Indien sur le sentier de la guerre, il se jura que si, un jour, il commettait la stupidité de tomber amoureux, il saurait au moins se conduire avec dignité. Des femmes comme Greta Garbo ne se contentaient pas de niaiseries. Ni de lettres d'amour, ni de bouquets de fleurs. Il pouvait être un trouillard, mais un nigaud, jamais.

Une fois au rez-de-chaussée, il constata qu'un banc de brouillard enveloppait la maison et que sa masse vaporeuse voilait la vision de toutes les fenêtres. Le sourire qu'il avait esquissé en se moquant mentalement de sa sœur s'éclipsa. « $H_2O$ condensé, se répéta-t-il. Ce n'est que du $H_2O$ condensé. Chimie élémentaire.» Armé de cette rassurante analyse scientifique, il ignora la nappe de brume qui s'infiltrait par les jointures des fenêtres et alla à la cuisine. Une fois là, il dut reconnaître que la romance entre Irène et le capitaine Tourmenteavait des aspects positifs : depuis qu'ils se fréquentaient, sa sœur n'avait plus touché à la boîte de délicieux chocolats suisses que Simone rangeait dans le deuxième tiroir du placard à provisions.

Se pourléchant comme un chat, Dorian attaqua le premier bonbon. L'exquise explosion dans sa bouche de la truffe, mélange d'amandes et de cacao, chassa tout autre sentiment. Pour lui, après la cartographie, le chocolat était probablement la plus noble invention du genre humain à ce jour. Particulièrement les truffes. « Un peuple ingénieux, les Suisses. Montres et chocolats : l'essence de la vie.» Un bruit soudain l'arracha brutalement à ces paisibles considérations théoriques. Le bruit se répéta et Dorian, paralysé, laissa échapper de ses doigts la seconde truffe. Quelqu'un frappait à la porte.

Il tenta d'avaler sa salive, mais il avait la gorge trop sèche. Deux coups précis parvinrent de nouveau à ses oreilles. Il alla dans la pièce principale, sans quitter l'entrée des yeux. Le souffle du brouillard passait sous la porte. Encore deux coups. Il hésita un instant.

— Qui est là ? questionna-t-il d'une voix rauque.

Deux nouveaux coups furent la seule réponse qu'il obtint. Il alla à la fenêtre, mais le manteau de brume ne laissait rien voir. On n'entendait plus rien sous le porche. L'inconnu était reparti. Probablement un voyageur égaré, pensa Dorian. Il s'apprêtait à regagner la cuisine quand les deux coups retentirent de nouveau, mais cette fois sur la vitre de la fenêtre, à dix centimètres de son visage. Son cœur bondit dans sa poitrine. Il recula lentement vers le centre de la pièce et buta sur une chaise derrière lui. Instinctivement, il s'empara d'un chandelier de métal qu'il brandit.

— Va-t'en..., murmura-t-il.

Pendant une fraction de seconde, un visage se forma de l'autre côté de la vitre, dans le brouillard. Peu après, la fenêtre s'ouvrit toute grande sous l'effet d'un coup de vent. Une bouffée d'air froid le pénétra jusqu'aux os et il vit, horrifiée, une tache noire se répandre sur le sol.

Une ombre.

La forme s'arrêta devant lui et, peu à peu, elle prit du volume en s'élevant du sol, tel un pantin de ténèbres tenu par des fils invisibles. Le garçon tenta de frapper l'intrus avec le chandelier, mais le métal traversa sans résultat la masse de noirceur. Il fit un pas en arrière et l'ombre s'abattit sur lui. Deux mains de vapeur noire le prirent à la gorge, il sentit leur contact glacé sur sa peau. Les traits d'un visage se dessinèrent devant lui. Un frisson lui parcourut tout le corps. La figure de son père se matérialisa à quelques centimètres du sien. Armand Sauvelle lui souriait. Un sourire de loup, cruel et plein de haine.

— Bonsoir, Dorian. Je suis venu chercher maman. Tu vas me conduire à elle, Dorian ?

Le bruit de cette voix lui glaça l'âme. Ce n'était pas la voix de son père. Ces lueurs, démoniaques et flamboyantes, n'étaient pas ses yeux. Et ces dents, longues et aiguisées, qui apparaissaient entre les lèvres n'étaient pas celles d'Armand Sauvelle.

— Tu n'es pas mon père...

Le sourire féroce de l'ombre s'effaça et ses traits fondirent comme de la cire sur la flamme.

Un rugissement animal, de rage et de haine, lui déchira les oreilles et une force invisible le projeta à l'autre bout de la pièce. Il alla cogner contre un fauteuil, qu'il renversa. Étourdi, il se releva laborieusement pour voir l'ombre monter l'escalier, flaque de goudron animée d'une vie propre rampant sur les marches.

— Maman ! cria Dorian en courant vers l'escalier.

L'ombre s'arrêta un instant et riva son regard sur lui. Ses lèvres d'obsidienne émirent une parole presque inaudible. Son nom.

Les vitres des fenêtres de toute la maison explosèrent en une pluie d'éclats mortels et le brouillard pénétra en rugissant dans la Maison du Cap, tandis que l'ombre continuait de monter à l'étage. Dorian se lança à la poursuite de cette forme spectrale qui flottait au-dessus du sol et avançait en direction de la chambre de Simone.

— Non ! cria le garçon. Ne touche pas à ma mère.

L'ombre sourit et, un instant plus tard, la masse de vapeur noire se transforma en un tourbillon qui se glissa par le trou de la serrure de la porte. Une seconde de silence mortel suivit sa disparition.

Dorian courut vers la porte mais, avant qu'il ait pu l'atteindre, celle-ci fut arrachée de ses gonds comme par un ouragan et alla s'écraser furieusement à l'autre bout du couloir. Se jetant de côté, il parvint à l'esquiver de quelques millimètres.

Lorsqu'il se redressa, une vision de cauchemar se déploya sous ses yeux. L'ombre courait le long des murs de la chambre de Simone. La silhouette de sa mère, inconsciente sur le lit, projetait sa propre ombre sur la cloison. Dorian vit la silhouette noire glisser sur les murs et les lèvres de ce spectre caresser celles de l'ombre de sa mère. Simone s'agita violemment dans son sommeil, mystérieusement en proie à un cauchemar. Des serres invisibles l'agrippèrent et l'arrachèrent aux draps. Dorian lui barra le chemin. Encore une fois, une furie irrésistible le frappa et le jeta hors de la chambre. L'ombre, portant Simone dans ses bras, descendit l'escalier à toute allure. Dorian lutta pour ne pas perdre connaissance, se releva et la suivit jusqu'au rez-de-chaussée. Le spectre se retourna et, un instant, ils se contemplèrent fixement.

— Je sais qui tu es..., murmura Dorian.

Un nouveau visage, inconnu de lui, fit son apparition : les traits d'un homme jeune, bien fait, les yeux lumineux.

— Tu ne sais rien, dit l'ombre.

Dorian observa que le regard du spectre balayait la pièce et s'arrêtait sur l'entrée de la cave. La porte en bois massif s'ouvrit d'un coup et le garçon sentit une présence invisible le pousser sans qu'il puisse résister. Il dévala l'escalier dans le noir. La porte se referma comme une dalle de pierre scellée pour l'éternité.

Il sut qu'il n'en avait plus que pour quelques secondes avant de perdre connaissance. Il venait d'entendre l'ombre rire comme un chacal en emportant sa mère dans le brouillard vers le bois.

À mesure que la marée gagnait du terrain à l'intérieur de la grotte, Ismaël et Irène sentaient le cercle se resserrer autour d'eux en un piège mortel. Irène avait oublié le moment où l'eau les avait privés du refuge provisoire que constituait le rocher. Ils n'avaient plus de point d'appui pour leurs pieds. Ils étaient à la merci de la marée et de leur seule capacité de résistance. Le froid attaquait ses muscles en lui causant une douleur intense, la douleur de cent fils de fer s'enfonçant dans son corps. Ses mains devenaient insensibles, et la fatigue déployait des serres de plomb qui semblaient la tirer par les chevilles. Une voix intérieure lui murmurait qu'ils feraient mieux de se laisser aller au sommeil paisible qui les attendait au fond. Ismaël la soutenait pour qu'elle garde la tête hors de l'eau. Son corps tremblait entre ses bras. Combien de temps pourraient-ils encore tenir ainsi, il ne le savait pas lui-même. Combien de temps avant l'arrivée de l'aube et le retrait de la marée, encore moins.

— Ne garde pas les bras inactifs. Remue. N'arrête pas de remuer, gémit Ismaël.

Irène acquiesça, au bord de l'inconscience.

— J'ai sommeil…, murmura-t-elle, délirant presque.

— Non. Tu ne dois pas dormir maintenant.

Les yeux d'Irène étaient entrouverts, mais ils ne le voyaient pas. Ismaël leva un bras et tâta le plafond rocheux contre lequel la marée les avait poussés. Les courants internes les éloignaient de l'orifice dans la voûte et les entraînaient dans les profondeurs de la grotte, les privant de leur unique chance de s'échapper. Malgré tous ses efforts pour se maintenir sous cette issue, il lui était impossible de rester sur place et d'éviter d'être les jouets de la force irrésistible du courant qui les emportait. Il ne leur restait presque plus d'espace pour respirer. Et la marée, inexorable, continuait de monter.

Un moment, le visage d'Irène s'enfonça dans l'eau. Ismaël la rattrapa et la tira. Elle n'avait plus aucune réaction. Il avait entendu parler d'hommes plus forts et plus expérimentés qui avaient péri de cette manière, à la merci de la mer. Le froid pouvait avoir raison de n'importe qui. Le manteau mortel paralysait d'abord les muscles et brouillait le cerveau, attendant patiemment que la victime se laisse aller dans les bras de la mort.

Ismaël bouscula son amie et la força à lui faire face. Elle balbutia des mots sans suite. Sans plus réfléchir, il la gifla avec force. Elle ouvrit les yeux et laissa échapper un hurlement de panique. Durant quelques secondes, elle ne sut pas où elle était. Dans l'obscurité, baignant dans l'eau glacée et sentant des bras inconnus l'entourer, elle crut se réveiller dans le pire de ses cauchemars. Puis tout lui revint. Cravenmoore. L'ange. La grotte. Ismaël l'étreignit et elle fut incapable de retenir une plainte ; elle gémissait comme une enfant apeurée.

— Ne me laisse pas mourir ici, murmura-t-elle.

— Tu ne vas pas mourir. Je te le jure. Je ne le permettrai pas. La marée va bientôt baisser et peut-être que la grotte ne se remplira pas entièrement. Nous devons tenir encore un peu. Juste un peu, et nous pourrons sortir.

Irène acquiesça et se serra encore plus fort contre lui. Ismaël aurait bien voulu avoir autant confiance que son amie.

Lazarus gravit lentement les marches du grand escalier de Cravenmoore. L'aura d'une présence étrangère flottait dans le halo de la lampe fixée sous la coupole. Il la percevait à l'odeur de l'air, à la manière dont les particules de poussière tissaient un réseau de taches argentées quand elles étaient prises dans la lumière. Lorsqu'il arriva au deuxième étage, son regard se posa sur la porte du bout du couloir, au-delà des voiles transparents. Elle était ouverte. Ses mains furent prises de tremblements.

— Alexandra ?

Le souffle froid du vent souleva les rideaux qui barraient la galerie plongée dans la pénombre. Un obscur pressentiment s'abattit sur lui. Lazarus ferma les yeux et porta sa main à son côté. Une douleur lancinante avait éclaté dans sa poitrine et se prolongeait jusque dans le bras doit, comme une traînée de poudre enflammée, pulvérisant cruellement ses nerfs.

— Alexandra ? gémit-il de nouveau.

Il courut à la porte de la chambre et s'arrêta sur le seuil, observant les traces de lutte, les fenêtres brisées, livrées au brouillard froid qui venait du bois. Il serra le poing jusqu'à ce que ses ongles se plantent dans la paume.

— Sois maudit…

Puis, essuyant la sueur glacée qui lui couvrait le front, il alla vers le lit et, avec une délicatesse infinie, écarta les rideaux qui pendaient du baldaquin.

— Je suis désolé, chérie…, dit-il tout en s'asseyant sur le bord du lit. Je suis désolé…

Un son étrange attira son attention. La porte de la

chambre battait lentement. Il se redressa et marcha précautionneusement vers le seuil.

— Qui est là ? demanda-t-il.

Il n'obtint pas de réponse, mais la porte s'arrêta de battre. Il fit encore quelques pas vers le couloir, scrutant l'obscurité. Au moment où il perçut le sifflement au-dessus de lui, il était déjà trop tard. Un coup sec sur la nuque l'expédia au sol, à demi inconscient. Des mains le prirent par les épaules et le traînèrent dans le corridor. Ses yeux parvinrent à saisir une vision fugace : Christian, l'automate qui gardait la grande porte. Le visage se tourna vers lui. Un éclat cruel brillait dans ses yeux.

Peu après, il perdit connaissance.

Ismaël pressentit l'arrivée de l'aube avec le reflux des courants qui les avaient poussés impitoyablement vers l'intérieur de la caverne durant toute la nuit. Les mains invisibles de la mer lâchèrent lentement prise, lui permettant d'entraîner une Irène inconsciente vers la partie la plus élevée de la caverne, où le niveau des eaux leur accordait un étroit espace pour respirer. Lorsque la clarté qui se réverbérait sur le fond de sable dessina un sentier de pâle lumière vers la sortie de la grotte et que la marée battit en retraite, il laissa échapper un cri de joie que personne, pas même son amie, n'entendit. Le garçon savait qu'une fois que le niveau de l'eau aurait commencé à descendre, la grotte elle-même leur montrerait le chemin vers la lagune et l'air libre.

Cela faisait peut-être plus de deux heures qu'Irène ne gardait la tête hors de l'eau que grâce au soutien d'Ismaël. Elle arrivait à peine à rester éveillée. Son corps ne tremblait plus ; il se laissait simplement bercer par le courant comme un objet inanimé. Pendant qu'il attendait patiemment que la marée leur libère le passage, Ismël comprit que, s'il n'avait pas été là, elle serait morte depuis des heures.

Tout en la soutenant à la surface et en murmurant des mots d'encouragement qu'elle ne pouvait pas comprendre, le garçon se rappela les histoires qu'on racontait sur des rencontres avec la mort et sur ce qui se passait quand quelqu'un sauvait la vie d'un de ses semblables : leurs âmes restaient éternellement unies par un lien invisible.

Peu à peu, le courant s'inversa définitivement, et il réussit à traîner Irène jusqu'à la lagune. Le lever du jour dessinait une ligne ambrée sur l'horizon. Il la conduisit jusqu'à la rive. Lorsque la jeune fille ouvrit les yeux, hébétée, elle découvrit le visage souriant d'Ismaël au-dessus du sien.

— Nous sommes vivants, murmura-t-il.

Irène laissa retomber ses paupières, épuisée.

Ismaël leva les yeux une dernière fois et contempla la lumière de l'aube sur le bois et les falaises. Jamais, de toute sa vie, il n'avait assisté à plus merveilleux spectacle. Puis, lentement, il s'étendit près d'Irène sur le sable blanc et se laissa aller à sa fatigue. Rien n'aurait pu les réveiller de ce sommeil. Rien.

## 11

# Le visage sous le masque

La première chose que vit Irène à son réveil fut deux yeux noirs impénétrables qui l'observaient patiemment. Elle eut un sursaut et la mouette, effrayée, s'envola. Elle avait les lèvres desséchées et douloureuses, des tiraillements de la peau qui la brûlaient et des écorchures sur tout le corps. Ses muscles lui semblaient transformés en chiffons et son cerveau en gélatine. Elle fut prise de nausées qui montaient de l'estomac jusqu'à la tête. En essayant de se lever, elle comprit que ce feu inconnu qui attaquait sa peau comme un acide était le soleil. Un goût amer affleura sur ses lèvres. La vision irréelle de ce qui était apparemment une petite crique dans les rochers tournait autour d'elle comme un manège de chevaux de bois. Jamais elle ne s'était sentie aussi mal.

Elle s'allongea de nouveau et s'aperçut de la présence d'Ismaël à son côté. N'eût été sa respiration entrecoupée, elle aurait juré qu'il était mort. Elle se frotta les yeux et posa une main couverte de plaies sur le cou de son ami. L'artère battait. Elle caressa son visage et, peu après, le garçon ouvrit les yeux. Un instant, le soleil l'aveugla.

— Tu es affreuse, murmura-t-il avec un sourire laborieux.

— Tu ne t'es pas regardé.

Comme deux naufragés jetés sur la plage par la tempête, ils se levèrent en titubant et cherchèrent la protection de l'ombre sous un tronc tombé entre les falaises. La mouette qui avait veillé sur leur sommeil revint se poser sur le sable, sa curiosité étant la plus forte.

— Quelle heure peut-il être ? demanda Irène en combattant le martèlement qui lui comprimait les tempes à chaque mot.

Ismaël lui mit sa montre sous les yeux. Le cadran était rempli d'eau et la trotteuse, détachée, évoquait une anguille conservée dans un bocal. Le garçon, les mains en visière, observa le soleil.

— Plus de midi passé.

— Combien de temps avons-nous dormi ?

— Pas assez. Je pourrais dormir une semaine entière.

— Nous n'avons pas le temps de dormir maintenant, le pressa Irène.

Il acquiesça et étudia les falaises, en quête d'une issue praticable.

— Ça ne va pas être facile. Je sais seulement arriver à la lagune par la mer…, commença-t-il.

— Qu'est-ce qu'il y a derrière les falaises ?

— Le bois que nous avons traversé cette nuit.

— Alors, qu'est-ce qu'on attend ?

Ismaël examina encore les falaises. Une forêt d'arêtes rocheuses s'élevait devant eux. Les escalader allait prendre du temps, pour ne pas parler de l'éventualité de défier la loi de la gravité et de se briser le crâne. L'image d'un œuf s'écrasant au sol se dessina dans sa tête. « Une fin idéale », pensa-t-il.

— Tu sais grimper ? questionna-t-il.

Irène haussa les épaules. Il observa ses pieds nus couverts de sable. Des bras et des jambes à la peau blanche sans aucune protection.

— Je faisais de la gymnastique à l'école et j'étais une des meilleures pour grimper à la corde, dit-elle. Je suppose que c'est pareil.

Ismaël soupira. Leurs problèmes n'étaient pas terminés.

Pendant quelques secondes, Simone Sauvelle eut de nouveau huit ans. Elle revit les lumières couleur de cuivre et d'argent qui traçaient de capricieuses aquarelles de fumée. L'odeur intense de cire brûlée, les voix chuchotant dans la pénombre et la danse invisible de centaines de cierges de ce palais de mystères et d'enchantements qui avait ensorcelé sa mémoire d'enfant : la cathédrale Saint-Étienne. Le charme, néanmoins, n'alla pas plus loin que ces quelques secondes.

Peu après, à mesure que ses yeux fatigués parcouraient les ténèbres qui l'enveloppaient, Simone comprit que ces lumières ne provenaient d'aucune église, que les taches de lumière qui dansaient sur les murs étaient de vieilles photographies et que ces voix, ces chuchotements lointains, n'existaient que dans son esprit. Elle sut instinctivement qu'elle n'était pas dans la Maison du Cap ni nulle part dont elle puisse avoir le souvenir. Sa mémoire lui restitua un écho confus des dernières heures. Elle se rappelait avoir parlé avec Lazarus sous le porche. Elle se rappelait s'être préparé un verre de lait chaud avant d'aller se coucher, et elle se rappelait aussi les derniers mots qu'elle avait lus dans le livre qui reposait sur sa table de chevet.

Elle se rappela vaguement qu'après avoir éteint elle avait rêvé de cris d'un enfant et qu'elle avait eu la sensation absurde de se réveiller en pleine nuit pour voir des ombres défiler dans l'obscurité. Au-delà, sa mémoire se perdait comme les contours d'un dessin inachevé. Ses mains rencontrèrent un tissu de coton et elle se rendit compte ainsi qu'elle portait toujours sa chemise de nuit. Elle se leva lentement et s'approcha du mur qui reflétait la lumière de dizaines de bougies blanches, disposées avec soin sur les branches de chandeliers sillonnées de larmes de cire.

Les flammes chuchotaient à l'unisson : c'était ce bruissement qui composait les voix qu'elle avait cru entendre. La lumière dorée de toutes ces mèches qui brûlaient dilatait ses pupilles, et une étrange lucidité se fit dans son esprit. Les souvenirs revinrent un à un, comme les premières gouttes d'une pluie à l'aube. Avec eux, arriva le premier accès de panique.

Elle se souvint du contact glacé de mains invisibles l'entraînant dans les ténèbres. Elle se souvint d'une voix qui murmurait à son oreille pendant que chaque muscle de son corps restait tétanisé, incapable de réagir. Elle se souvint d'une forme d'ombre qui l'emmenait à travers le bois. Elle se rappela que cette ombre spectrale avait chuchoté son nom et qu'elle, Simone, paralysée par la terreur, avait compris que rien de tout cela n'était un cauchemar. Elle ferma les yeux et porta les mains à sa bouche en étouffant un cri.

Sa première pensée fut pour ses enfants. Qu'était-il arrivé à Irène et à Dorian ? Étaient-ils toujours à la maison ? Cette apparition indescriptible s'était-elle attaquée à eux ? Chacune de ses interrogations déchirantes marquait son âme au fer rouge. Elle courut à la porte et la secoua en vain, criant et hurlant jusqu'à ce que la fatigue et le désespoir eussent raison d'elle. Peu à peu, une froide sérénité la ramena à la réalité.

Elle était prisonnière. Celui qui l'avait enlevée en pleine nuit l'avait enfermée dans ce lieu et avait probablement aussi capturé ses enfants. Elle devait chasser pour l'instant de son esprit la pensée qu'il avait pu leur faire du mal ou même les blesser : si elle espérait pouvoir faire quelque chose pour eux, il lui fallait éviter tout nouvel accès de panique et garder le contrôle total de son esprit. Elle serra les poings avec force en se répétant ces mots. Elle respira profondément, yeux fermés, attendant que son cœur retrouve son rythme normal.

Peu après, elle rouvrit les yeux et observa longuement la chambre. Plus elle arriverait à comprendre ce qui lui arrivait, mieux elle saurait sortir de là et porter secours à Irène et à Dorian.

Le mobilier, petit et austère, attira tout de suite son attention. Des meubles d'enfant, simples, presque pauvres. C'était la chambre d'un enfant, mais son instinct lui disait que cela faisait très longtemps qu'elle n'avait pas été occupée. La présence qui imprégnait ce lieu, palpable, évoquait la vieillesse, la décrépitude. Elle s'approcha du lit et s'assit dessus pour mieux examiner l'espace autour d'elle. On ne sentait aucune innocence dans cette pièce. Elle évoquait l'obscurité. La méchanceté.

Le lent poison de la peur commença de se glisser dans ses veines, mais elle ignora les signaux d'alerte et, saisissant un chandelier, elle se dirigea vers le mur. Une quantité infinie d'articles de presse découpés et de photographies le couvrait, se perdant dans la pénombre. Simone remarqua le soin remarquable avec lequel ces images avaient été collées au mur. Un sinistre musée de souvenirs se déployait sous ses yeux, et chaque article proclamait silencieusement que leur réunion dans ce lieu avait un sens. Une voix tentait de se faire entendre du fond du passé. Simone approcha la bougie tout près du mur et se laissa submerger par le flot des photographies et des gravures, des mots et des dessins.

Son regard saisit au vol, sur des dizaines d'articles, un nom familier. Daniel Hoffmann. Un éclair jaillit dans sa mémoire. Le mystérieux personnage de Berlin dont, selon les instructions reçues, elle devait mettre le courrier à part. L'étrange individu dont les lettres, comme elle en avait été accidentellement témoin, finissaient dans le feu. Pourtant, il y avait dans tout cela quelque chose qui ne collait pas. L'homme dont il était question dans ces articles n'habitait pas Berlin et, à en juger par la date des journaux, il devait avoir atteint aujourd'hui un âge trop avancé pour être crédible.

Troublée, elle se plongea dans la lecture des textes.

L'Hoffmann des articles était un homme phénoménalement riche. Quelques centimètres plus loin, la première page du *Figaro* annonçait un incendie dans sa fabrique de jouets. Hoffmann était mort dans cette tragédie. On voyait les flammes consumer le bâtiment et une foule se presser, subjuguée par le spectacle infernal. Dans cette foule, un enfant aux yeux apeurés regardait l'objectif, l'air égaré.

On retrouvait le même regard sur une autre coupure de presse. Cette fois, l'article rapportait la ténébreuse histoire d'un petit garçon qui était resté sept jours enfermé dans une cave, abandonné dans le noir. Des agents de police l'avaient retrouvé après avoir découvert sa mère morte dans son logement. Le visage de l'enfant, qui devait avoir à peine sept ou huit ans, était un miroir sans fond.

Un violent frisson lui tenailla le corps, pendant que les pièces de ce sinistre puzzle commençaient à s'assembler dans sa tête. Mais ça ne s'arrêtait pas là, et la fascination exercée par ces images était irrésistible. Les articles progressaient dans le temps. Beaucoup parlaient de personnes disparues, de gens dont Simone n'avait jamais entendu le nom. Parmi eux, se détachait une jeune fille d'une beauté éblouissante. Alexandra Alma Maltisse, héritière d'un empire de maîtres de forges de Lyon, qu'un magazine de Marseille présentait comme la fiancée d'un jeune et talentueux ingénieur et inventeur de jouets, Lazarus Jann. Près de cet article, une série de coupures montrait le couple en train de distribuer des jouets dans un orphelinat de Montparnasse. Tous deux rayonnaient de bonheur et de lumière. « C'est ma ferme intention que tous les enfants de ce pays, quelle que soit leur situation, puissent posséder un jouet », déclarait l'inventeur sur la légende de la photo.

Plus loin, un autre journal annonçait le mariage de Lazarus Jann et d'Alma Maltisse. La photographie officielle des fiançailles était prise au bas des marches de Cravenmoore.

Un Lazarus débordant de jeunesse enlaçait sa future épouse. Pas un nuage ne planait au-dessus de cette image de rêve. Le jeune chef d'entreprise Lazarus Jann avait acquis la somptueuse maison dans l'intention d'y installer leur foyer. Diverses images de Cravenmoore illustraient l'article.

La succession des photos et des articles n'en finissait pas d'augmenter cette galerie de personnages et d'événements du passé. Simone s'arrêta et revint en arrière. Le visage de l'enfant, perdu et accablé, ne la quittait pas. Elle fixa intensément ce regard désolé et, lentement, elle reconnut le regard qui lui avait inspiré espoir et amitié. Ce n'était pas celui de ce Jean Neville dont lui avait parlé Lazarus. C'était un regard bien connu d'elle, douloureusement connu. Celui de Lazarus Jann.

Un nuage noir enserra son cœur comme un voile. Elle respira profondément et ferma les yeux. Pour une raison inconnue, avant même que la voix ne se soit fait entendre derrière elle, Simone sut qu'il y avait quelqu'un d'autre dans la chambre.

Ismaël et Irène atteignirent le faîte des falaises peu avant quatre heures de l'après-midi. Les nombreux bleus et entailles dont les rochers avaient cruellement marqué leurs bras et leurs jambes témoignaient de la difficulté de l'ascension. C'était le prix qu'ils avaient dû payer pour emprunter le sentier interdit. Ismaël avait certes imaginé une ascension pénible, mais la réalité s'était révélée pire et encore plus périlleuse. Irène, sans jamais renâcler ni desserrer les lèvres pour se plaindre des écorchures qui lui arrachaient la peau, avait fait preuve d'un courage qu'il n'avait encore jamais vu chez personne.

La jeune fille avait grimpé et s'était aventurée le long d'arêtes où nul autre, jugeait-il avec bon sens, n'aurait osé se risquer. Quand, finalement, ils arrivèrent à la lisière du bois, Ismaël se borna à la serrer silencieusement dans ses bras. Toute l'eau de l'océan ne pourrait éteindre la force qui brûlait à l'intérieur de cette jeune fille.

— Fatiguée ?

À bout de souffle, Irène fit non de la tête.

— On ne t'a jamais dit que tu es la personne la plus obstinée de toute la planète ?

Un demi-sourire apparut sur les lèvres de la jeune fille.

— Attends de connaître ma mère.

Avant qu'il ait pu répliquer, elle lui prit la main et l'entraîna vers le bois. Derrière eux, au bas de l'abîme, on distinguait la lagune.

Si quelqu'un avait dit à Ismaël qu'il escaladerait un jour ces falaises infernales, il ne l'aurait pas cru. Mais, s'agissant d'Irène, il était prêt à croire n'importe quoi.

Simone se retourna lentement vers l'obscurité. Elle sentait la présence de l'intrus ; elle entendait sa respiration régulière. Mais elle ne le voyait pas. La clarté des bougies se fondait en un halo impénétrable au-delà duquel la chambre devenait une vaste scène sans fond. Elle scruta la pénombre qui masquait le visiteur. Elle était habitée d'une étrange sérénité qui lui donnait une lucidité de jugement surprenante. Ses sens recueillaient chaque minuscule détail de ce qui l'entourait avec une précision terrifiante. Son esprit enregistrait chaque vibration de l'air, chaque son, chaque reflet. Retranchée de la sorte dans ce calme étonnant, elle garda le silence en faisant face aux ténèbres, dans l'attente que le visiteur se fasse connaître.

— Je ne pensais pas vous trouver ici, dit finalement la voix dans l'ombre, une voix faible, lointaine. Vous avez peur ?

Simone fit non de la tête.

— Bien. Vous ne devez pas. Vous n'avez aucune raison d'avoir peur.

— Vous allez continuer longtemps à vous cacher, Lazarus ?

Un long silence suivit sa question. La respiration de Lazarus se fit plus audible.

— Je préfère rester où je suis, dit-il finalement.

— Pourquoi ?

Quelque chose brilla dans la pénombre. Un éclat furtif, presque imperceptible.

— Pourquoi ne vous asseyez-vous pas, madame Sauvelle ?

— Je préfère rester debout.

— Comme vous voudrez. (L'homme fit une nouvelle pause.) Vous devez probablement vous demander ce qui s'est passé.

— Entre autres, trancha Simone, l'indignation perçant dans sa voix.

— Le plus simple est peut-être que vous me posiez des questions et que je tente d'y répondre.

Simone laissa échapper un soupir de colère.

— Ma première et dernière question est : où est la sortie ?

— Je crains que ce ne soit pas possible. Pas encore.

— Pourquoi ?
— Est-ce une autre de vos questions ?
— Où suis-je ?
— À Cravenmoore.
— Comment suis-je arrivée ici et pourquoi ?
— Quelqu'un vous y a amenée…
— Vous ?
— Non.
— Qui, alors ?
— Quelqu'un que vous ne connaissez pas… Pas encore.
— Où sont mes enfants ?
— Je ne sais pas.
Simone avança vers l'obscurité, le visage rouge de colère.
— Soyez maudit !…
Elle fit quelques pas vers l'endroit d'où venait la voix. Peu à peu, ses yeux perçurent une silhouette dans un fauteuil. Lazarus. Mais il y avait quelque chose d'étrange sur sa figure. Elle s'arrêta.
— C'est un masque, dit Lazarus.
— Pour quelle raison ? demanda Simone, sentant sa sérénité s'évanouir à une vitesse vertigineuse.
— Les masques révèlent le véritable visage des personnes…
Simone lutta pour ne pas perdre son calme. S'abandonner à la colère ne la conduirait à rien.
— Où sont mes enfants ? Je vous en prie…
— Je vous l'ai dit, madame Sauvelle. Je ne le sais pas.
— Qu'allez-vous faire de moi ?
Lazarus déplia une main, revêtue d'un gant satiné.

La surface du masque brilla de nouveau. C'était l'éclat qu'elle avait aperçu un moment plus tôt.

— Je ne vous ferai pas de mal, Simone. Vous ne devez pas avoir peur de moi. Il faut me faire confiance.

— Une demande quelque peu hors de propos, vous ne croyez pas ?

— Pour votre propre bien. J'essaye de vous protéger.

— De qui ?

— Asseyez-vous, s'il vous plaît.

— Mais enfin, que se passe-t-il ici ? Pourquoi ne me dites-vous pas ce qui se passe ?

Simone sentit que sa voix se réduisait à un filet fragile, infantile. Elle y reconnut un début d'hystérie et respira profondément. Elle recula de quelques pas et s'assit sur une des chaises qui entouraient une table basse.

— Merci, murmura Lazarus.

Elle laissa échapper silencieusement une larme.

— Avant tout, je tiens à ce que vous sachiez que je regrette de tout mon cœur que vous soyez embarquée dans tout cela. Jamais je n'ai pensé qu'un tel moment se produirait, déclara le fabricant de jouets.

— Il n'a jamais existé d'enfant du nom de Jean Neville, n'est-ce pas ? Cet enfant, c'était vous. L'histoire que vous m'avez racontée n'est qu'à demi vraie : c'est votre propre histoire.

— Je vois que vous avez eu le temps de lire ma collection d'articles. Ce qui vous a probablement conduite à formuler quelques hypothèses intéressantes, mais erronées.

— L'unique idée que je me suis formulée, monsieur Jann, est que vous êtes un malade qui a besoin d'être soigné. Je ne sais pas comment vous avez réussi à m'amener jusqu'ici, mais je vous assure que dès que je sortirai de ce lieu, ma première visite sera pour la gendarmerie. L'enlèvement est un délit…

Ses paroles lui parurent aussi ridicules que vaines.

— Dois-je en déduire que vous avez l'intention de renoncer à votre emploi, madame Sauvelle ?

Cette pointe d'ironie insolite déclencha un signal d'alarme dans l'esprit de Simone. Ce commentaire ne s'accordait pas avec le Lazarus qu'elle connaissait. Encore que, s'il y avait quelque chose de clair dans tout cela, c'était bien qu'elle ne le connaissait pas le moins du monde.

— Déduisez-en ce que vous voudrez, répliqua-t-elle froidement.

— Bien. Dans ce cas, avant que vous ne fassiez appel à la force publique, et je vous y autoriserai volontiers, permettez-moi de compléter des pièces de l'histoire que vous avez sûrement bâtie dans votre tête.

Elle observa le masque, pâle et dépourvu de toute expression. Un visage de porcelaine d'où sortait cette voix froide et distante. Les yeux n'étaient que deux puits de noirceur.

— Comme vous le verrez, chère Simone, la seule morale que l'on peut tirer de cette histoire, ou de n'importe quelle autre, est que, dans la vie réelle, et à la différence de la fiction, rien n'est ce qu'il paraît être…

— Promettez-moi une chose, Lazarus, l'interrompit-elle.

— Si c'est dans mes moyens…

— Promettez-moi que, si j'écoute votre histoire,

vous me laisserez partir d'ici avec mes enfants. Je vous jure de ne pas faire appel aux autorités. Je prendrai seulement ma famille avec moi et quitterai ce village pour toujours. Vous n'entendrez plus parler de moi, supplia Simone.

Le masque garda le silence pendant quelques secondes.

— C'est ce que vous voulez ?

Elle acquiesça en contenant ses larmes.

— Vous me décevez, Simone. Je croyais que nous étions amis. Bons amis.

— S'il vous plaît…

La forme masquée serra le poing.

— Très bien. Si ce que vous voulez, c'est retrouver vos enfants, vous le ferez. En temps voulu…

— Vous souvenez-vous de votre mère, madame Sauvelle ? Tous les enfants gardent dans leur cœur une place réservée à la femme qui les a mis au monde. C'est comme un point lumineux qui ne s'éteint jamais. Une étoile dans le firmament. J'ai passé la plus grande partie de ma vie à essayer d'effacer ce point. De l'oublier à jamais. Mais ce n'est pas facile. Non, ça ne l'est pas. J'espère qu'avant de me juger et de me condamner vous m'aurez écouté attentivement. Je serai bref. Les bonnes histoires n'ont pas besoin de beaucoup de mots…

» Je suis né dans la nuit du 26 décembre 1882, dans un vieil immeuble de la rue la plus obscure et la plus tortueuse du quartier des Gobelins, à Paris. Un lieu ténébreux et insalubre, à coup sûr. Vous avez lu Victor Hugo, madame Sauvelle ? Si oui, vous saurez de quoi je parle. C'est là que ma mère, avec l'aide de sa voisine Nicole, a donné naissance à un garçon. L'hiver était si froid que, paraît-il, j'ai mis plusieurs minutes à pousser le cri que l'on attend de tout nouveau-né. Tant et si bien que, un instant, ma mère m'a cru mort-né. Quand elle s'est rendu compte que ce n'était pas le cas, la pauvre malheureuse a interprété cela comme un miracle et a décidé, divine ironie, de me baptiser Lazarus, en souvenir de la résurrection de Lazare.

» Mes années d'enfance sont pour moi une succession de cris dans les rues et de longues maladies de ma mère. Dans un de mes premiers souvenirs, je me vois assis sur les genoux de Nicole, la voisine, en train d'écouter la brave femme me raconter que ma mère est très malade, qu'elle ne peut pas répondre à mes appels et qu'il vaut mieux que j'aille jouer dans la rue avec les autres enfants. Les autres enfants en question étaient une bande de gamins en haillons qui mendiaient du matin au soir et apprenaient avant leurs sept ans que, pour survivre dans le quartier, on avait le choix entre devenir un fonctionnaire ou un criminel. Inutile de préciser lequel de ces deux destins avait leur préférence.

» La seule lueur d'espoir, alors, dans le quartier, était représentée par un personnage mystérieux qui hantait nos rêves. Son nom était Daniel Hoffmann et pour nous tous synonyme de légende, au point que beaucoup doutaient de son existence. On racontait qu'Hoffmann parcourait les rues de Paris sous différents déguisements et sous diverses identités, pour distribuer aux enfants pauvres des jouets qu'il avait lui-même fabriqués dans son entreprise. Tous les gamins de Paris en avaient entendu parler, et tous rêvaient d'être un jour les élus de la fortune.

» Hoffmann était un empereur de la magie, de l'imagination. Une seule chose pouvait venir à bout de la fascination qu'il exerçait : l'âge. À mesure que les gosses grandissaient et que leur esprit se fermait à la faculté d'imaginer, de jouer, le nom de Daniel Hoffmann s'effaçait de leur mémoire ; jusqu'au jour où, devenus adultes, ils étaient incapables de l'identifier quand ils l'entendaient prononcé par leurs propres enfants…

» Daniel Hoffmann a été le plus grand fabricant de jouets qui ait jamais existé. Il possédait une grande manufacture dans le quartier des Gobelins. Elle ressemblait à une immense cathédrale qui s'élevait dans les ténèbres de ce quartier fantomatique, truffé de dangers et de mystères. Une tour aussi effilée qu'une aiguille se dressait au centre, tel un clou s'enfonçant dans les nuages. Ses cloches indiquaient l'aube et le crépuscule chaque jour de l'année. Leur écho résonnait dans la ville entière. Tous les gamins du quartier connaissaient le bâtiment, mais les adultes étaient incapables de le voir et croyaient que son emplacement était occupé par un immense marais impénétrable, un terrain vague au cœur des ténèbres parisiennes.

» Personne n'avait jamais vu le véritable visage de Daniel Hoffmann. On disait que le créateur des jouets se tenait dans une pièce au sommet de la tour et n'en sortait presque jamais : sauf quand il s'aventurait, déguisé, dans les rues de Paris, à la tombée de la nuit, et distribuait des jouets aux enfants déshérités. En échange, il ne demandait qu'une chose : qu'ils lui jurent amour et obéissance éternels. N'importe quel enfant du quartier lui aurait donné son cœur sans hésitation. Pourtant, tous n'entendaient pas cet appel. La rumeur parlait de centaines de déguisements différents qui cachaient son identité. Certains prétendaient que Daniel Hoffmann ne prenait jamais deux fois la même apparence.

» Mais revenons à ma mère. La maladie qu'évoquait Nicole est restée pour moi un mystère. J'imagine que certaines personnes, comme certains jouets, naissent avec une tare congénitale. D'une certaine manière, nous ne sommes tous que des jouets cassés, vous ne pensez pas ? En tout cas, le mal dont souffrait ma mère s'est traduit, avec le temps, par une lente perte de ses facultés mentales. Quand le corps est blessé, l'esprit ne tarde pas à s'égarer. C'est la loi de la vie.

» C'est ainsi que j'ai appris à vivre avec la solitude pour seule compagne et à rêver qu'un jour Daniel Hoffmann viendrait m'aider. Je me rappelle que, toutes les nuits avant de me coucher, je demandais à mon ange gardien de me conduire à lui. Toutes les nuits. Et c'est ainsi qu'à force de rêver d'Hoffmann j'ai commencé à fabriquer mes propres jouets.

» J'employais pour cela des déchets que je trouvais dans les poubelles du quartier. J'ai fabriqué mon premier train, et un château de trois étages. Ont suivi un dragon en carton et, plus tard, une machine volante bien avant que l'on se soit habitué à voir des aéroplanes dans le ciel. Mais mon jouet favori était Gabriel. Gabriel était un ange. Un ange merveilleux que j'ai créé de mes mains pour qu'il me protège de l'obscurité et des dangers du destin. Je l'ai construit avec les débris d'une machine à repasser et tout un lot de quincaillerie que j'ai trouvé dans une filature abandonnée, deux rues plus bas que celle où nous vivions. Malheureusement, la vie de Gabriel, mon ange gardien, a été brève.

» Le jour où ma mère a découvert tout mon arsenal de jouets, Gabriel a été condamné à mort.

» Ma mère m'a emmené dans la cave de l'immeuble, en chuchotant et sans cesser de regarder de tous côtés, comme si elle craignait d'être guettée dans l'ombre, et elle m'a dit que quelqu'un lui avait parlé en rêve et lui avait fait la révélation suivante : les jouets, tous les jouets, étaient une invention de Lucifer en personne. Grâce à eux, il espérait pouvoir damner tous les enfants du monde. Cette même nuit, Gabriel et tous mes jouets sont partis dans la chaudière.

» Ma mère a insisté pour que nous les détruisions ensemble, afin d'être sûrs qu'ils étaient bien réduits en cendres. Sinon, m'a-t-elle expliqué, l'ombre de mon âme maudite viendrait me chercher. Celle-ci conservait, gravée en elle, chaque tache dans ma conduite, chaque faute, chaque désobéissance. Une ombre qui m'accompagnait toujours et qui était le reflet de ma méchanceté et de mon mépris à son égard et à l'égard du monde.

» J'avais alors sept ans.

» C'est à cette époque que la maladie de ma mère s'est aggravée. Elle a commencé à m'enfermer dans la cave où, disait-elle, l'ombre ne pourrait pas me trouver si elle venait me chercher. Durant ces longues réclusions, j'osais à peine respirer par crainte que mes soupirs n'attirent l'attention de l'ombre, ce maudit reflet de mon âme trop faible, et qu'elle ne m'emporte directement en enfer. Tout cela, madame Sauvelle, peut paraître comique, ou simplement triste, mais, pour un enfant de quelques années, c'était l'effroyable réalité quotidienne.

» Je ne veux pas vous ennuyer avec les détails sordides de cette époque. Il suffit de dire que, pendant un de ces enfermements, ma mère a perdu définitivement son peu de jugement et que je suis resté pris au piège dans cette cave, seul dans le noir, une semaine entière. Vous avez dû le lire dans les articles, je suppose. Une de ces histoires que la presse aime publier en première page. Les mauvaises nouvelles, surtout quand elles sont scabreuses et effrayantes, sont d'une remarquable efficacité pour soulager les porte-monnaie du public. Bien sûr, vous devez vous demander ce que fait un enfant enfermé dans une cave obscure pendant sept jours et sept nuits.

» Permettez-moi d'abord de vous dire qu'après avoir passé quelques heures sans lumière l'être humain perd la notion du temps. Les heures se transforment en minutes ou en secondes. Ou en semaines, si vous préférez. Le temps et la lumière sont étroitement liés. Le fait est qu'il s'est produit quelque chose de réellement prodigieux. Un miracle. Mon second miracle, si vous voulez, après celui des quelques minutes en blanc au moment de ma naissance.

» Mes prières ont été exaucées. Toutes ces nuits à prier en silence n'ont pas été vaines. Appelez ça la chance, appelez ça le destin…

» Daniel Hoffmann est venu me voir. Oui, moi. Parmi tous les enfants de Paris, j'ai été choisi cette nuit-là pour être touché par sa grâce. Je me rappelle encore ce timide appel par le soupirail qui donnait sur la rue. Je ne pouvais monter jusqu'à lui, mais j'ai pu répondre à la voix qui me parlait du dehors ; la voix la plus merveilleuse et la plus douce que j'aie jamais entendue. Une voix qui se répandait dans l'obscurité et faisait fondre la peur d'un pauvre enfant terrifié comme le soleil fait fondre la glace. Vous vous rendez compte, Simone ? Daniel Hoffmann m'a appelé par mon prénom.

» Je lui ai ouvert mon cœur. Peu après, une clarté éblouissante s'est répandue dans la cave et Hoffmann a surgi du néant, vêtu d'un splendide costume blanc. Si vous l'aviez vu, Simone ! C'était un ange, un véritable ange de lumière. On n'a jamais vu personne rayonner de tant de beauté et de paix.

» Cette nuit-là, nous avons, Daniel Hoffmann et moi, conversé en toute intimité, comme nous le faisons en ce moment. Je n'ai pas manqué de lui raconter ce qui était arrivé à Gabriel et à mes autres jouets ; il était déjà au courant. C'était un homme informé, vous comprenez. Il connaissait aussi les histoires que ma mère m'avait racontées au sujet de l'ombre. Il savait tout. Soulagé, j'ai avoué que j'étais réellement terrorisé par cette ombre. Vous ne pouvez pas imaginer la compassion, la compréhension qui émanaient de cet homme. Il a écouté patiemment le récit de tout ce que je subissais, et je sentais qu'il prenait part à ma souffrance, à mon angoisse. Et, particulièrement, qu'il comprenait ma plus grande terreur, mon pire cauchemar : l'ombre. Ma propre ombre, cet esprit maléfique qui me suivait partout en portant tout le mal qui était en moi…

» C'est Daniel Hoffmann qui m'a expliqué ce que je devais faire. Jusque-là, vous comprenez, j'étais un pauvre ignorant. Que savais-je des ombres ? Que savais-je de ces mystérieux esprits qui visitaient les gens pendant leur sommeil et leur parlaient de l'avenir et du passé ? Rien.

» Mais lui, il savait. Il savait *tout*. Et il était disposé à m'aider.

» Cette nuit-là, il m'a révélé mon avenir. Il m'a dit que j'étais destiné à lui succéder à la tête de son empire. Il m'a expliqué que toutes ses connaissances, tout son art seraient un jour à moi, et que le monde de pauvreté qui m'entourait s'évanouirait pour toujours. Il m'a mis entre les mains un avenir dont je n'aurais jamais osé rêver. Un futur que j'ignorais et qu'il m'a offert. Je devais juste faire une chose en échange. Une petite promesse insignifiante : lui donner mon cœur. À lui seul, et à personne d'autre.

» Le fabricant de jouets m'a demandé si je savais ce que ça signifiait. J'ai répondu oui sans hésiter un instant. Naturellement, il pouvait compter sur mon cœur. Il était l'unique personne qui me traitait convenablement. L'unique personne qui m'accordait un peu d'attention. J'ai pensé que je pourrais très vite sortir de là, ne plus jamais revoir cet immeuble ni même ma mère. Et, plus important encore, que je n'aurais plus jamais à m'inquiéter de l'ombre. Si je lui obéissais, l'avenir s'ouvrirait devant moi, clair et lumineux.

» Il m'a demandé si j'avais confiance en lui. J'ai répondu oui. À ce moment, il a sorti un petit flacon en cristal, pareil à celui que vous emploieriez pour conserver du parfum. En souriant, il l'a débouché, et j'ai assisté à un spectacle stupéfiant. Mon ombre, mon reflet sur le mur, s'est transformée en une tache dansante. Un nuage d'obscurité qui a été absorbé par le flacon, a été fait prisonnier à l'intérieur. Daniel

Hoffmann a refermé le bouchon et m'a tendu le flacon. Il était froid comme de la glace.

» Il m'a alors expliqué que désormais mon cœur lui appartenait et que bientôt, très bientôt, mes problèmes disparaîtraient. À condition que je ne trahisse pas mon serment. Je lui ai dit que je ne pourrais jamais faire une chose pareille. Il m'a de nouveau souri affectueusement et m'a fait un cadeau. Un kaléidoscope. Il m'a demandé de fermer les yeux et de penser de toutes mes forces à ce que je désirais le plus au monde. Pendant que je le faisais, il s'est agenouillé et m'a embrassé sur le front. Quand j'ai ouvert les yeux, il n'était plus là.

» Une semaine plus tard, la police, alertée de ce qui se passait chez nous par un informateur anonyme, m'a tiré de ce trou. Ma mère était morte.

» Sur le chemin du commissariat, les rues étaient encombrées de voitures de pompiers. On pouvait sentir le feu dans l'atmosphère. Les policiers qui m'escortaient ont changé d'itinéraire, et j'ai vu de quoi il s'agissait : se profilant à l'horizon, la fabrique de Daniel Hoffmann brûlait dans un des incendies les plus effrayants qu'ait connu l'histoire de Paris. Ceux qui ne s'étaient jamais aperçus de sa présence observaient la cathédrale de feu. Tous se souvinrent alors du nom de ce personnage qui avait hanté les rêves de leur enfance : Daniel Hoffmann. Le palais de l'empereur flambait…

» Trois jours et trois nuits durant, les flammes et la colonne de fumée noire sont montées jusqu'au ciel comme si un Averne avait ouvert ses portes dans le cœur noir de la ville. J'y étais et je l'ai vu de mes propres yeux. Lorsqu'il n'est plus resté que des cendres pour témoigner de l'existence de cet impressionnant édifice, les journaux ont publié la nouvelle.

» Avec le temps, les autorités ont trouvé un parent de ma mère qui s'est chargé de ma garde, et je suis allé vivre au Cap d'Antibes. C'est là que j'ai grandi et fait mes études. Une vie normale. Heureuse. Telle que me l'avait promise Daniel Hoffmann. Je me suis même permis d'inventer une variante de mon passé pour me la raconter à moi-même : l'histoire que je vous ai rapportée.

» Le jour de mes vingt et un ans, j'ai reçu une lettre. Le tampon datait de huit ans et émanait de la poste de Montparnasse. Dans cette lettre, mon ancien ami m'annonçait que l'étude de Me Gilbert Travant, notaire à Fontainebleau, avait en sa possession des actes concernant une résidence sur la côte normande qui deviendrait légalement ma propriété quand j'atteindrais la majorité. La lettre, rédigée sur un parchemin, était signée d'un "D".

» Je mis plusieurs années à prendre possession de Cravenmoore. J'étais déjà alors un ingénieur plein de promesses. Mes dessins de jouets surpassaient tout ce qu'on avait connu jusque-là. Très vite, j'ai compris que le moment était venu de fonder ma propre fabrique. À Cravenmoore. Tout s'était passé exactement comme Daniel Hoffman me l'avait annoncé. Tout, jusqu'à ce que survienne l'*accident*. Il a eu lieu devant le Mont-Saint-Michel, un 13 février. Elle s'appelait Alexandra Alma Maltisse, et elle était la plus belle créature que j'avais jamais vue.

» Pendant toutes ces années, j'avais conservé le flacon que Daniel Hoffmann m'avait remis dans la cave de la rue des Gobelins. Son contact restait aussi froid qu'au premier jour. Six mois plus tard, je trahissais mon serment et je donnais mon cœur à cette jeune fille. Je l'ai épousée. Le plus beau jour de ma vie. La nuit précédant le mariage, qui devait être célébré à Cravenmoore, j'ai pris le flacon qui contenait mon ombre et je me suis dirigé vers les falaises du cap. De là, vouant pour toujours mon ombre à l'oubli, j'ai jeté le flacon dans la houle noire…

» De ce fait, je brisais mon serment…

Le soleil au-dessus de la baie avait déjà commencé à décliner quand Ismaël et Irène aperçurent entre les arbres l'arrière de la Maison du Cap. L'épuisement qui les avait accablés semblait s'être retiré discrètement à quelques pas de là, dans l'attente du moment opportun pour revenir. Ismaël avait entendu parler de ce phénomène, une sorte de répit que connaissaient certains athlètes au moment où ils pensaient avoir dépassé les limites de la fatigue. Au-delà de ce point, le corps continuait à fonctionner sans trahir de nouveaux signes de faiblesse. Jusqu'à ce que la machine s'arrête pour de bon, bien entendu. Quand l'effort était terminé, la chute intervenait brutalement. En somme, c'était comme un prêt accordé aux muscles.

— À quoi penses-tu ? demanda Irène en remarquant le visage méditatif du garçon.

— Je pense que j'ai faim.

— Moi aussi. C'est bizarre, non ?

— Au contraire. Rien de tel qu'une bonne trouille pour vous ouvrir l'appétit…, se permit de plaisanter Ismaël.

La Maison du Cap baignait dans le calme et l'on ne

voyait aucun signe d'une quelconque présence. Deux rangées de vêtements suspendus aux cordes à linge flottaient au vent. Du coin de l'œil, Ismaël capta une brève vision de ce qui était de toute évidence les dessous d'Irène. Son esprit s'égara quelques instants à imaginer son amie en petite tenue.

— Tu vas bien ? demanda-t-elle.

Il avala sa salive, mais acquiesça.

— Fatigué et affamé, c'est tout.

Irène lui adressa un sourire énigmatique. Pendant une seconde, il considéra la possibilité que toutes les femmes soient capables de lire secrètement dans les pensées. Mieux valait ne pas se perdre dans de telles réflexions avec le ventre vide.

Irène voulut ouvrir la porte de derrière, mais, apparemment, quelqu'un l'avait fermée à clef de l'intérieur. Son sourire se mua en expression d'étonnement.

— Maman ? Dorian ? appela-t-elle en reculant de plusieurs pas et en examinant les fenêtres de l'étage.

— Essayons devant, dit Ismaël.

Ils contournèrent la maison jusqu'au porche. Un tapis de verre brisé crissa sous leurs pieds. Ils s'arrêtèrent devant la porte défoncée et les vitres cassées. Au premier regard, on avait l'impression qu'une explosion de gaz avait arraché la porte de ses gonds en même temps qu'elle avait soufflé une tempête de verre à l'extérieur. Irène tenta de réfréner la vague glacée qui montait de son ventre. En vain. Elle adressa un regard terrifié à Ismaël et se disposa à entrer. Il la retint silencieusement.

— Madame Sauvelle ? appela-t-il du porche.

Le son de sa voix se perdit dans le fond de la

maison. Il entra précautionneusement et examina le panorama. Irène le suivit.

Le mot pour décrire l'état de la maison, à supposer que ce mot existe, était dévastation. Ismaël n'avait jamais vu les effets d'une tornade, mais il imagina qu'ils devaient ressembler à ça.

— Mon Dieu…

— Attention au verre, l'avertit le garçon.

— Maman !

Le cri se répercuta dans la maison, comme un esprit errant de chambre en chambre. Ismaël, sans lâcher une seconde Irène, alla au pied de l'escalier et jeta un coup d'œil à l'étage.

— Montons, dit-elle.

Ils gravirent lentement l'escalier, étudiant les traces qu'une force invisible avait laissées tout autour. Irène fut la première à voir que la chambre de Simone n'avait plus de porte.

— Non !… murmura-t-elle.

Ismaël se précipita sur le seuil de la pièce et examina celle-ci. Rien. Ils parcoururent une à une les chambres de l'étage. Vides.

— Où sont-ils ? demanda la jeune fille d'une voix tremblante.

— Il n'y a personne ici. Redescendons.

Apparemment, ce qui s'était passé là, lutte ou autre chose, avait été violent. Le garçon se retint de formuler des observations, mais un sombre pressentiment concernant le sort de la famille d'Irène lui traversa l'esprit. Irène, encore sous le choc, pleurait en silence au bas de l'escalier. « Ce n'est qu'une question de minutes, pensa Ismaël, avant que l'hystérie se déclenche.» Il fallait inventer quelque chose, et vite, avant que cela n'arrive. Une douzaine de possibilités défilaient dans sa tête, quand ils entendirent pour la première fois les coups. Un silence de mort les suivit.

En larmes, Irène leva les yeux en quête d'une confirmation d'Ismaël. Il acquiesça en levant un doigt pour lui signifier de ne pas parler. Les coups se répétèrent, secs et métalliques, voyageant à travers les murs. L'esprit d'Ismaël mit quelques secondes à discerner la nature de ces sons sourds et étouffés. Quelque chose ou quelqu'un cognait sur un morceau de métal quelque part dans la maison. Le bruit se répéta mécaniquement. Ismaël sentit la vibration se propager sous ses pieds et son regard s'arrêta sur une porte fermée dans le couloir qui menait à la cuisine.

— Où conduit cette porte ?

— À la cave…

Il s'approcha de la porte et colla son oreille au bois. Les coups se répétèrent pour la énième fois. Il essaya d'ouvrir, mais la poignée avait été arrachée.

— Est-ce qu'il y a quelqu'un là-dedans ? cria-t-il.

Le bruit de pas qui montaient l'escalier arriva à ses oreilles.

— Fais attention, dit Irène.

Il s'écarta. Un instant, l'image de l'ange jaillissant de la cave envahit son esprit. Une voix rauque se fit entendre de l'autre côté, distante. Irène se redressa d'un bond et courut à la porte.

— Dorian ?

La voix balbutia quelque chose.

Irène regarda Ismaël et confirma :

— C'est mon frère…

Ismaël constata qu'enfoncer une porte ou, dans le cas présent, la démolir, était une besogne passablement plus ardue que les feuilletons de la radio ne le laissaient entendre. Ils s'acharnèrent une bonne dizaine de minutes à l'aide d'une barre de fer trouvée dans un placard de la cuisine avant que la porte capitule. Ismaël, ruisselant de sueur, recula de quelques pas et Irène donna le coup de grâce. La serrure, réduite à un amas d'éclats de bois entourant le mécanisme rouillé et fermé à double tour, tomba par terre. Aux yeux du garçon, elle ressemblait à un hérisson.

Une seconde plus tard, un gamin hagard émergea de l'obscurité. Un masque de terreur était plaqué sur son visage et ses mains tremblaient. Dorian se jeta dans les bras de sa sœur comme un animal apeuré. Irène jeta un coup d'œil à Ismaël. Ils ne savaient pas encore ce que le garçon avait vécu, mais il était clair que cela l'avait profondément marqué. Irène s'agenouilla devant lui et nettoya son visage barbouillé de saleté et de larmes séchées.

— Ça va, Dorian ? lui demanda-t-elle en gardant son calme et en palpant son corps pour voir s'il était blessé.

Dorian fit oui à plusieurs reprises.

— Où est maman ?

Il leva les yeux. Ceux-ci débordaient de peur.

— Dorian, c'est important. Où est maman ?

Il balbutia :

— Elle l'a enlevée…

Ismaël se demanda combien de temps il était resté enfermé en bas, dans le noir.

— Elle l'a enlevée, répéta Dorian, comme s'il était sous les effets de l'hypnose.

— Qui l'a enlevée, Dorian ? demanda Irène, toujours froide et calme. Qui a enlevé maman ?

Dorian les dévisagea tous les deux et sourit faiblement, comme s'il trouvait leur question absurde.

— L'ombre… L'ombre l'a enlevée.

Les regards d'Ismaël et d'Irène se croisèrent.

La jeune fille respira profondément et posa les mains sur les bras de son frère.

— Dorian je vais te demander de faire quelque chose de très important. Tu me comprends ?

Il fit signe que oui.

— J'ai besoin que tu coures à la gendarmerie du village et que tu dises à l'adjudant-chef qu'un accident terrible s'est produit à Cravenmoore. Que maman est là-bas, blessée. Qu'ils viennent le plus tôt possible. Tu m'as comprise ?

Dorian l'observa, perdu.

— Ne parle pas de l'ombre. Répète seulement ce que je viens de te dire. C'est très important… Sinon, personne ne te croira. Parle seulement d'un *accident.*

D'un geste, Ismaël confirma.

— J'ai besoin que tu fasses ça pour moi, et pour maman. Tu pourras ?

Dorian dévisagea Ismaël, puis sa sœur.

— Maman a eu un accident et elle est blessée à Cravenmoore. Il faut envoyer d'urgence des secours, répéta-t-il mécaniquement. Mais elle va bien… non ?

Irène lui sourit et le serra dans ses bras.

— Je t'aime, murmura-t-elle.

Dorian embrassa sa sœur sur la joue et, après avoir salué Ismaël en camarade, il s'élança vers sa bicyclette. Il la trouva près de la rampe du porche. Le cadeau de Lazarus n'était plus qu'un enchevêtrement de tubes tordus. Il contempla les restes de son engin pendant qu'Ismaël et Irène sortaient de la maison et faisaient, à leur tour, la macabre découverte.

— Qui est capable d'une chose pareille ? demanda Dorian.

— Il vaut mieux te dépêcher, Dorian, le coupa Irène.

Il acquiesça et partit en courant. Dès qu'il eut disparu, Irène et Ismaël franchirent le porche. Le soleil se couchait sur la baie, traçant un globe de ténèbres qui saignait entre les nuages et teintait la mer d'écarlate. Ils se regardèrent et, sans avoir besoin de parler, comprirent ce qui les attendait au cœur de l'obscurité, au-delà du bois.

# 12

## *Doppelgänger*

— Jamais il n'y a eu, et jamais il n'y aura plus belle fiancée au pied d'un autel, dit le masque. Jamais.

Simone entendait la plainte silencieuse des bougies qui brûlaient dans la pénombre et, au-delà des murs, le murmure du vent griffant la forêt de gargouilles qui couronnait Cravenmoore. La voix de la nuit.

— La lumière qu'Alexandra a apportée dans ma vie a effacé tous les souvenirs et les misères qui avaient peuplé ma mémoire depuis mon enfance. Aujourd'hui encore, je pense que peu de mortels parviennent à un tel havre de bonheur et de paix. D'une certaine manière, j'avais cessé d'être l'enfant du quartier le plus misérable de Paris. J'avais oublié les longs enfermements dans l'obscurité. J'avais laissé derrière moi pour toujours cette cave noire où je croyais sans cesse entendre des voix, parmi lesquelles celle de mes remords qui me rappelait l'existence de cette ombre à qui la maladie de ma mère avait ouvert la porte de l'enfer. J'ai oublié ce cauchemar qui me poursuivait depuis des années… Il me montrait un escalier qui descendait dans les profondeurs de notre immeuble de la rue des Gobelins vers les cavernes du Styx. Tout cela était désormais derrière moi. Et savez-vous pourquoi ? Parce que Alexandra Alma Maltisse, le véritable ange de ma vie, m'a appris que, contrairement à ce que ma mère m'avait répété dès que j'avais été en âge de comprendre, je n'étais pas mauvais. Vous saisissez, Simone ? Je n'étais pas mauvais. J'étais comme les autres, comme tous les autres. J'étais innocent.

La voix de Lazarus s'arrêta un instant. Simone imagina des larmes glissant en silence derrière le masque.

— Ensemble, nous avons exploré Cravenmoore. Beaucoup de gens pensent que tous les prodiges que contient cette maison sont ma création. Ce n'est pas exact. À peine une petite partie est sortie de mes mains. Le reste, des galeries et des galeries de merveilles que moi-même je ne comprends pas toujours, était là quand j'y suis entré pour la première fois. Depuis combien de temps se trouvaient-elles dans cette maison, je ne le saurai jamais. Il y a eu une époque où je pensais que d'autres l'avaient occupée avant moi. Parfois, quand je me prends à tendre l'oreille dans le silence de la nuit, je crois entendre l'écho d'autres voix, d'autres pas, qui peuplent les couloirs de cette demeure. Il m'arrive de penser que le temps s'est arrêté dans chaque pièce, dans chaque corridor vide, et que toutes les créatures qui habitent ces lieux ont été un jour faites de chair et d'os. Comme moi.

» J'ai cessé de m'inquiéter de ces mystères depuis longtemps, surtout après avoir constaté qu'après des mois à Cravenmoore je découvrais encore des pièces où je n'étais jamais allé, de nouveaux passages qui menaient à des ailes inconnues… Je crois que certains lieux, des demeures millénaires que l'on peut dénombrer sur les doigts d'une main, sont beaucoup plus que de simples constructions : ils sont vivants. Ils possèdent leur propre âme et leur propre mode de communication avec nous. Cravenmoore en fait partie. Personne ne sait quand il a été construit. Ni par qui, ni pour quoi. Mais quand cette maison me parle, je l'écoute...

» Avant l'été 1916, et au faîte de notre bonheur, quelque chose est survenu. En réalité, tout avait commencé un an plus tôt sans que j'en aie eu connaissance. Le lendemain de notre mariage, Alexandra s'était levée à l'aube et s'était rendue dans le grand salon ovale pour examiner les centaines de cadeaux que nous avions reçus. Son attention avait été attirée par une petite boîte ouvragée. Un bijou. Alexandra, captivée, l'avait ouverte. Elle contenait un billet et un flacon de cristal. Le billet, qui lui était adressé, lui disait qu'il s'agissait d'un cadeau très particulier. Une surprise. Il expliquait que le flacon contenait mon parfum préféré, celui qu'employait ma mère, et qu'elle devait le conserver jusqu'au jour de notre premier anniversaire de mariage avant de s'en servir. Mais cela devait rester un secret entre elle et le signataire, un vieil ami de mon enfance. Daniel Hoffmann...

» Suivant fidèlement les instructions, avec la conviction de me rendre ainsi heureux, Alexandra avait gardé le flacon pendant douze mois. Le jour venu, elle l'a sorti de sa boîte et l'a ouvert. Inutile d'ajouter qu'il ne contenait aucun parfum. C'était celui que j'avais jeté à la mer la veille de notre mariage. Dès l'instant où Alexandra l'a débouché, notre vie s'est transformée en cauchemar...

» C'est à cette époque que j'ai commencé à recevoir

du courrier de Daniel Hoffmann. Cette fois, il était daté de Berlin où, m'expliquait-il, il avait devant lui un immense travail qui, un jour, changerait la face du monde. Des millions d'enfants qui formeraient la plus grande armée qu'ait connue l'Histoire. Jusqu'à maintenant, je n'ai toujours pas compris ce qu'il entendait par là…

» Dans un de ses premiers envois, il m'a fait cadeau d'un livre, un volume relié en cuir qui paraissait vieux comme le monde. Il n'y avait qu'un mot sur la couverture : *Doppelgänger*. Avez-vous déjà entendu parler du *Doppelgänger,* chère amie ? Non, évidemment. Les légendes et les vieux trucs de magie n'intéressent plus personne. C'est un terme d'origine germanique : il désigne l'ombre qui se détache de son maître et se retourne contre lui. Mais cela, bien entendu, n'est qu'un début. Il en fut ainsi pour moi. Pour votre information, je vous dirai que, pour l'essentiel, ce livre était un manuel traitant des ombres. Une pièce de musée. Lorsque j'ai entrepris sa lecture, il était déjà trop tard. Quelque chose grandissait, caché dans l'obscurité de cette maison ; mois après mois, comme l'œuf d'un serpent qui attend le moment d'éclore.

» En mai 1916, l'événement couvait déjà. La luminosité de cette première année avec Alexandra s'affaiblissait lentement. C'est peu après que j'ai commencé à soupçonner l'existence de l'ombre. Mais quand je l'ai fait, l'irrémédiable était déjà là. Les premières attaques étaient simplement destinées à nous faire peur. Les robes d'Alexandra étaient déchirées. Les portes se fermaient sur son passage et des mains invisibles poussaient des objets pour entraver sa marche. Des voix dans l'obscurité. Ce n'était que le début…

» Cette maison contient des milliers de recoins où une ombre peut se dissimuler. J'ai compris alors qu'elle n'était rien d'autre que l'âme de son créateur, Daniel Hoffmann, et que l'ombre grandirait en elle, devenant plus forte de jour en jour. Moi, au contraire, je deviendrais de plus en plus faible. Toute la force qui m'habitait passerait dans la sienne et, lentement, je retournerais à l'obscurité de mon enfance aux Gobelins : ce serait moi l'ombre, et lui le maître.

» J'ai décidé de fermer la fabrique de jouets et de me concentrer sur ma vieille obsession. J'ai voulu donner la vie à Gabriel, cet ange gardien qui m'avait protégé à Paris. Par ce retour à mon enfance, je croyais que, si j'étais capable de le rendre vivant, il nous protégerait de l'ombre, Alexandra et moi. C'est ainsi que j'ai dessiné la créature mécanique la plus puissante que l'on n'a jamais rêvée. Un colosse d'acier. Un ange pour me libérer de mon cauchemar.

» Pauvre naïf ! Dès que cet être monstrueux a été capable de se lever de la table de mon atelier, toute sa velléité d'obéissance s'est aussitôt évaporée. Ce n'était pas moi qu'il écoutait, mais l'autre. Son vrai maître. Et lui, l'ombre, ne pouvait exister sans moi, car j'étais la source dont il tirait toute sa force. Non seulement l'ange ne m'a pas libéré de cette vie misérable, mais il s'est fait le pire des gardiens. Le gardien de ce secret terrible qui me condamnait pour toujours, le gardien qui ne cesserait jamais d'intervenir chaque fois que quelque chose ou quelqu'un mettrait ce secret en danger. Sans pitié.

» Les agressions contre Alexandra se sont multipliées. L'ombre était maintenant très forte et sa menace grandissait de jour en jour. Elle avait décidé de me punir à travers la souffrance de ma femme. J'avais donné à Alexandra un cœur qui ne m'appartenait pas. Cette erreur devait être notre perdition. Au moment où j'étais au bord de perdre la raison, je me suis rendu compte que l'ombre agissait seulement quand j'étais dans les parages immédiats de Cravenmoore. Aussi ai-je décidé d'abandonner la demeure et de me réfugier dans l'île du phare. Tant que je serais là-bas, je ne pourrais nuire à personne. Si quelqu'un devait payer pour ma trahison, c'était moi. Pourtant, j'ai sous-estimé la force de caractère d'Alexandra. Son amour pour moi. Surmontant la terreur et les menaces contre sa vie, elle est venue à mon secours la nuit du bal masqué. Dès que le bateau sur lequel elle traversait la baie est arrivé à proximité de l'îlot, l'ombre s'est abattue sur elle et l'a entraînée dans les profondeurs. J'ai même entendu son rire dans l'obscurité quand elle a émergé des vagues. Le lendemain, elle est retournée se réfugier dans ce flacon de cristal. Je ne l'ai pas revue au cours des vingt ans qui ont suivi…

Simone se leva de sa chaise en tremblant et recula pas à pas jusqu'à sentir le mur de la chambre dans son dos. Elle ne pouvait écouter un mot de plus des lèvres de cet homme… de ce malade. Une seule chose la maintenait debout et l'empêchait de se laisser aller à la panique que lui inspirait cette figure masquée, après avoir écouté son récit : la colère.

— Non, non, mon amie… Ne commettez pas cette erreur… Vous ne comprenez pas ce qui se passe ? Lorsque vous êtes arrivée ici avec votre famille, je n'ai pu éviter que mon cœur soit attiré vers vous. Je ne l'ai pas fait consciemment. Je ne me suis même pas rendu compte de ce qui m'arrivait, jusqu'à ce qu'il soit trop tard. J'ai essayé de lutter contre le charme qui agissait sur moi en fabriquant une machine à votre image…

— Quoi !

— J'ai cru… Peu de temps après que votre présence eut redonné vie à cette maison, l'ombre qui dormait depuis vingt ans dans ce flacon maudit s'est réveillée de ses limbes. Elle n'a pas tardé à trouver une victime pour la libérer de nouveau…

— Hannah…

— Je sais ce que vous pouvez sentir et penser en ce moment, croyez-moi. Mais c'est sans issue. J'ai fait tout ce que j'ai pu… Vous devez me croire…

La forme masquée se leva et avança sur elle.

— Ne faites pas un pas de plus ! explosa Simone.

Lazarus s'arrêta.

— Je ne veux pas vous faire de mal, Simone. Je suis votre ami. Ne me tournez pas le dos.

Simone sentit une vague de haine naître au plus profond d'elle-même.

— Vous avez assassiné Hannah…

— Simone…

— Où sont mes enfants ?

— Ils ont choisi eux-mêmes leur destin…

Un poignard de glace lui déchira l'âme.

— Qu'avez-vous… qu'avez vous fait d'eux ?

Lazarus leva ses mains gantées.

— Ils sont morts…

Avant qu'il ait pu terminé sa réponse, Simone laissa échapper un hurlement de fureur et, saisissant un chandelier sur la table, elle se précipita sur l'homme qui lui faisait face. La base du chandelier s'écrasa violemment en plein milieu du masque. Le visage de porcelaine se brisa en mille morceaux et le candélabre poursuivit sa course dans la pénombre. Il n'y avait rien derrière.

Simone, paralysée, concentra son regard sur la masse noire qui flottait devant elle. La silhouette se défit de ses gants blancs, ne dévoilant qu'obscurité. Alors seulement, Simone put voir ce visage démoniaque se former, une nuée d'ombres qui prenait lentement du volume et sifflait comme un serpent en colère. Une clameur infernale, un rugissement qui souffla toutes les flammes qui brûlaient dans la chambre. Pour la première et la dernière fois, Simone entendit la véritable voix de l'ombre. Ensuite, les griffes l'attrapèrent et la traînèrent vers l'obscurité.

À mesure qu'ils s'enfonçaient dans le bois, Ismaël et Irène constatèrent que la mince brume qui couvrait les buissons se transformait peu à peu en un manteau de clarté incandescente. Elle absorbait les lumières vacillantes de Cravenmoore et les répandait en une vision spectrale, une véritable forêt de vapeur dorée. Dès qu'ils eurent dépassé la lisière, l'explication de cet étrange phénomène se révéla déconcertante, et aussi passablement menaçante. Toutes les fenêtres de la demeure brillaient avec une grande intensité, conférant à la gigantesque architecture l'apparence d'un vaisseau fantôme émergeant des profondeurs.

Ils firent halte devant la grille qui commandait l'entrée du jardin pour contempler ce spectacle hypnotique. Enveloppée dans ce manteau de lumière, la silhouette de Cravenmoore semblait encore plus sinistre que dans l'obscurité. Les figures des dizaines de gargouilles saillaient maintenant comme des sentinelles de cauchemar. Mais ce n'était pas cette vision qui avait retenu leurs pas. Quelque chose d'autre flottait dans l'air, une présence invisible et infiniment plus effrayante. Le vent apportait les sons de dizaines, de centaines d'automates bougeant et se déplaçant à l'intérieur, la musique dissonante d'un manège et les rires mécaniques d'une meute de créatures cachées dans la maison.

Ismaël et Irène écoutèrent pendant quelques secondes, paralysés, la voix de Cravenmoore, puis suivirent la trace de cette cacophonie infernale jusqu'à la grande porte. L'entrée, maintenant ouverte de part en part, expulsait une buée de lumière dorée derrière laquelle les ombres palpitaient et dansaient au son de cette mélodie qui glaçait le sang. Irène serra instinctivement la main d'Ismaël, et le garçon lui adressa un regard impénétrable.

— Tu es sûre de vouloir entrer ? demanda-t-il.

La forme d'une ballerine tournant sur elle-même se découpa dans l'encadrement d'une fenêtre. Irène détourna les yeux.

— Tu n'es pas obligé de venir avec moi, dit-elle. Après tout, c'est ma mère…

— C'est une proposition tentante. Je te conseille de ne pas la répéter.

— D'accord, concéda Irène. Et arrive que pourra…

— Arrive que pourra.

Chassant de leur tête les rires, la musique, les lumières et le macabre défilé de silhouettes qui peuplaient l'intérieur, ils gravirent les marches de Cravenmoore. Dès qu'il sentit l'esprit de la maison les envelopper, Ismaël comprit que tout ce qu'ils avaient vu jusque-là n'était que le prologue. L'ange et les autres machines de Lazarus ne l'effrayaient plus. Il y avait autre chose dans cette maison. Une présence palpable et puissante. Une présence qui distillait la haine et la rage. Et, d'une certaine manière, Ismaël comprit qu'elle les attendait.

Dorian cogna à coups redoublés sur la porte de la gendarmerie. Il était hors d'haleine et ses jambes semblaient sur le point de fondre. Il avait couru comme un possédé à travers le bois jusqu'à la plage de l'Anglais, puis sur la route interminable qui longeait la baie jusqu'au village, pendant que le soleil se cachait derrière l'horizon. Il ne s'était pas arrêté une seconde, conscient qu'il serait incapable ensuite de refaire un seul pas avant dix ans. Une unique pensée le poussait en avant : l'image de cette forme spectrale emportant sa mère vers les ténèbres. Il lui suffisait de se la rappeler pour courir jusqu'à la fin du monde.

Lorsque la porte s'ouvrit enfin, la silhouette rebondie du gendarme Jobart s'avança de quelques pas. Ses petits yeux examinèrent le garçon qui paraissait prêt à s'écrouler séance tenante. Dorian crut voir un rhinocéros. Le gendarme afficha un sourire sardonique et, tandis qu'il enfonçait professionnellement les pouces dans les poches de son uniforme, tout son visage exprima sa réprobation, sur le thème « c'est-pas-une-heure-pour-déranger-les-gens ». Dorian soupira et tenta d'avaler sa salive, mais il n'en avait plus une goutte.

— Eh bien ? aboya Jobart.

— De l'eau…

— C'est pas un café, ici, camarade Sauvelle.

Cette subtile ironie prétendait probablement mettre en valeur les remarquables dons d'identification et l'instinct de limier du personnage pachydermique. Néanmoins, Jobart laissa entrer le garçon et lui servit un verre d'eau de la citerne. Jamais Dorian n'aurait soupçonné que l'eau pouvait être aussi délicieuse.

— Encore.

Jobart lui tendit un autre verre, en arborant cette fois son expression de Sherlock Holmes.

— De rien.

Dorian le vida jusqu'au fond et fit face au gendarme. Les instructions d'Irène jaillirent de sa mémoire, fraîches et immaculées.

— Ma mère a eu un accident et elle est blessée. C'est grave. À Cravenmoore.

Jobart eut besoin de plusieurs secondes pour assimiler l'information.

— Quel genre d'accident ? s'enquit-il sur un ton de fin détective.

— Dépêchez-vous ! explosa Dorian.

— Je suis seul. Je ne peux pas abandonner le poste.

Le garçon soupira. Parmi tous les crétins qui peuplaient la planète, il avait fallu qu'il tombe sur un spécimen de musée.

— Appelez par radio ! Faites quelque chose ! Tout de suite !

Le ton et le regard de Dorian finirent tout de même par alarmer suffisamment Jobart pour qu'il déplace son considérable postérieur en direction de la radio et branche l'appareil. Un instant, il se retourna pour jeter un coup d'œil soupçonneux sur le garçon.

— Appelez ! Tout de suite ! cria Dorian.

Lazarus reprit brusquement conscience en sentant une douleur lancinante à la nuque. Il y porta la main et tâta une blessure ouverte. Il se souvenait vaguement du visage de Christian dans le couloir de l'aile ouest. L'automate l'avait frappé, puis traîné jusqu'à l'endroit où il se trouvait. Il regarda autour de lui. C'était une des innombrables chambres inutilisées de Cravenmoore.

Lentement, il se leva et tenta de mettre de l'ordre dans ses idées. Une fatigue écrasante s'abattit sur lui dès qu'il se tint debout. Il ferma les yeux et respira profondément. En les rouvrant, il repéra un petit miroir accroché à un mur. Il s'en approcha et examina son reflet.

Puis, allant à une petite fenêtre située sur la façade principale, il remarqua deux formes humaines qui traversaient le jardin en direction de la grande porte.

Irène et Ismaël franchirent le seuil et pénétrèrent dans le faisceau de lumière qui émergeait des profondeurs de la maison ; l'écho du manège et le cliquètement métallique de milliers d'engrenages rendus à la vie leur fit l'effet d'un souffle glacé. Des centaines de petits mécanismes bougeaient aux murs. Un monde de créatures invraisemblables s'agitait dans les vitrines, sur les mobiles suspendus en l'air. Il était impossible de diriger son regard sur un point quelconque sans rencontrer une des créations de Lazarus en mouvement. Pendules en forme de visages, pantins qui marchaient comme des somnambules, figures fantomatiques qui souriaient tels des loups affamés…

— Cette fois, on ne se sépare pas, dit Irène.

— Je n'en avais pas l'intention, répliqua Ismaël qui sentait que la tête lui tournait au milieu de ce monde d'êtres qui palpitaient.

À peine avaient-ils parcouru quelques mètres que la grande porte se rabattit violemment derrière eux. Irène cria et se serra contre le garçon. La forme d'un homme gigantesque se dressa devant eux. Sa figure était recouverte d'un masque représentant un clown démoniaque. Deux pupilles vertes traversèrent le masque. Irène et Ismaël reculèrent. Un couteau brilla dans les mains de l'apparition. L'image du majordome mécanique qui leur avait ouvert lors de sa première visite à Cravenmoore vint frapper Irène : Christian. C'était son nom. L'automate leva le couteau.

— Christian, non ! cria Irène. Non !

Le majordome s'arrêta. Le couteau lui tomba des mains. Ismaël regarda son amie sans comprendre. La forme, immobile, les observait.

— Vite, insista Irène, en se précipitant à l'intérieur.

Ismaël courut derrière elle, non sans avoir auparavant ramassé le couteau que Christian avait lâché. Il rejoignit Irène dans l'espace dont la fuite verticale montait jusqu'à la coupole. Elle regarda autour d'elle et tenta de s'orienter.

— Par où, maintenant ? demanda Ismaël, sans cesser de surveiller derrière eux.

Irène hésita, incapable de décider quel chemin suivre pour aller plus avant dans le labyrinthe de Cravenmoore.

Soudain, un courant d'air froid les secoua, venant

d'un des corridors, et le son métallique d'une voix caverneuse leur parvint.

— Irène…, chuchota la voix.

Les nerfs de la jeune fille se nouèrent en un écheveau de glace. La voix leur parvint de nouveau. Irène fixa son attention sur l'extrémité du corridor. Ismaël suivit son exemple, et il la vit : flottant au-dessus du sol, enveloppée dans un manteau de brume, Simone avançait vers eux, les bras tendus. Un éclat diabolique brillait dans ses yeux. Des dents pointues comme des crocs apparurent entre ses lèvres parcheminées.

— Maman, gémit Irène.

— Ce n'est pas ta mère…, dit Ismaël en l'écartant de la trajectoire de cette créature.

La lumière frappa ce visage et le révéla dans toute son horreur. Ismaël se jeta sur Irène pour esquiver les griffes de l'automate. Celui-ci pivota sur lui-même et leur fit de nouveau face. Seule la moitié de sa figure était achevée. L'autre n'était qu'un masque de métal.

— C'est le pantin que nous avons vu. Pas ta mère, répéta le garçon qui essayait d'arracher son amie à la transe où l'avait plongée cette vision. La chose les manipule comme des marionnettes.

Le mécanisme qui faisait fonctionner l'automate laissa échapper un craquement. Ismaël vit les griffes se tendre de nouveau vers eux à toute vitesse. Il saisit Irène et tous deux s'enfuirent sans savoir précisément vers où ils allaient. Ils coururent aussi fort que leurs jambes le leur permirent le long d'une galerie flanquée de portes qui s'ouvraient sur leur passage et de silhouettes qui se décollaient du plafond.

— Vite ! cria Ismaël en entendant le grincement des ressorts dans leurs dos.

Irène se retourna. Les crocs de loup de cette monstrueuse réplique de sa mère se refermèrent à vingt centimètres de son visage. Cinq griffes aiguisées se projetèrent vers sa figure. Ismaël la tira, puis il la poussa à l'intérieur d'une grande salle dans la pénombre.

Elle tomba en avant et il ferma la porte derrière eux. Les griffes de l'automate se plantèrent dedans, comme des pointes de flèches mortelles.

— Mon Dieu, soupira-t-il. Non, pas cette fois…

Irène leva les yeux ; il était couleur de papier mâché.

— Tu n'as rien ? demanda Ismaël.

Elle fit un vague signe pour le rassurer, puis regarda autour d'elle. Des murailles de livres montaient à l'infini. Des milliers et des milliers de volumes formaient une spirale babylonienne, un labyrinthe d'escaliers et de passerelles.

— Nous sommes dans la bibliothèque de Lazarus.

— J'espère qu'il y a une autre issue. Je n'ai pas envie de revoir ce qui est derrière nous…, dit Ismaël.

— Je crois qu'il y en a une, mais je ne sais pas où elle est, dit la jeune fille en gagnant le centre de la salle pendant que le garçon bloquait la porte avec une chaise.

Si cette défense résiste plus de deux minutes, songea-t-il, j'accepterai de croire aux miracles les yeux fermés. La voix d'Irène murmura quelque chose derrière lui et il la vit devant une table en train d'examiner un livre d'aspect centenaire.

— Il y a quelque chose ici, s'écria-t-elle.

Il sentit pointer en lui un obscur pressentiment.

— Laisse ce livre.

— Pourquoi ? demanda Irène sans comprendre.

— Laisse-le.

Elle ferma le volume et fit ce que son ami lui demandait. Les caractères dorés sur la couverture brillèrent à la lueur du feu qui chauffait la bibliothèque : *Doppelgänger*.

Elle venait tout juste de s'éloigner de quelques pas de la table, quand une intense vibration traversa la salle sous ses pieds. Les flammes de la cheminée pâlirent et des volumes commencèrent à tomber des interminables rangées de rayons. Elle courut vers Ismaël.

— Que diable… ? s'exclama-t-il, en percevant lui aussi cette intense rumeur qui provenait du plus profond de la maison.

À ce moment, le livre qu'Irène avait laissé sur la table s'ouvrit violemment de part en part. Les flammes du foyer s'éteignirent, anéanties par un souffle glacé. Ismaël entoura la jeune fille de ses bras et la serra contre lui. D'autres livres tombèrent des hauteurs dans le vide, poussés par des mains invisibles.

— Il y a quelqu'un ici, chuchota Irène. Je le sens…

Les pages du livre se mirent à tourner lentement, mues par le vent ou par autre chose. Ismaël contempla le vieux volume qui dégageait sa propre lumière. Soudain, les caractères s'évaporèrent un à un, formant un nuage de gaz noir au-dessus du livre. Cette silhouette confuse absorba mot après mot, phrase après phrase.

La forme, plus dense maintenant, le fit penser à un spectre d'encre noire suspendu dans le vide.

Le nuage de noirceur se développa, et les formes de mains, de bras, d'un torse se sculptèrent dans le néant. Un visage impénétrable émergea de l'ombre.

Ismaël et Irène, paralysés par la terreur, contemplèrent, électrisés, cette apparition. Autour d'elle, d'autres ombres prenaient vie en sortant des pages des livres tombés. Des ombres d'enfants, de vieillards, de femmes habillées d'étranges habits de fête… Tous étaient des esprits prisonniers, trop faibles pour acquérir consistance et volume. Des visages d'agonie, endormis et privés de volonté. Irène devina qu'elle se trouvait devant les âmes de dizaines d'êtres prisonniers d'un terrible maléfice. Elle les vit tendre les mains vers eux, les suppliant de les secourir, mais leurs doigts se transformaient en mirages vaporeux. Elle éprouvait l'horreur de leur cauchemar, du rêve noir qui les tenait à sa merci.

Pendant les quelques secondes que dura cette vision, elle se demanda qui ils étaient et comment ils étaient arrivés là. Avaient-ils été un jour les visiteurs imprudents de ce lieu, comme elle-même ? Un instant, elle craignit de reconnaître sa mère parmi ces esprits maudits, enfants de la nuit. Mais, sur un simple geste de l'ombre, leurs corps vaporeux se fondirent dans un tourbillon d'obscurité qui traversa la salle.

L'ombre ouvrit grand sa gueule et absorba toutes ces âmes en leur arrachant le peu de force qui vivait encore en elles. Un silence de mort suivit leur disparition. Puis elle ouvrit les yeux et son regard projeta un halo sanglant dans les ténèbres.

Irène voulut crier, mais sa voix se perdit dans le fracas qui secoua brutalement Cravenmoore. Une à une, les fenêtres et les portes de la maison se refermaient comme les dalles d'un tombeau. Ismaël entendit la voix caverneuse parcourir les centaines de galeries de Cravenmoore et sentit que leurs espoirs de sortir de là en vie s'évaporaient dans l'obscurité.

Seule une tache de clarté dans la voûte du plafond traçait une flèche lumineuse, comme une corde lâche tombant du haut de ce sinistre chapiteau de cirque. Cette lumière se grava dans le regard d'Ismaël qui, sans attendre une seconde de plus, saisit la main d'Irène et la conduisit à tâtons vers l'extrémité de la salle.

— L'autre issue est peut-être par là, chuchota-t-il.

Irène suivit la direction que désignait l'index du garçon. Ses yeux identifièrent le filet de lumière qui semblait sortir du trou d'une serrure. La bibliothèque était organisée en ovales concentriques parcourus par un étroit couloir qui montait en spirale le long du mur et faisait en même temps office d'accès aux différentes galeries qui en partaient. Simone lui en avait parlé, en commentant cette fantaisie architecturale : si quelqu'un suivait ce couloir jusqu'au bout, il devait arriver au troisième étage. Elle imagina une sorte de tour de Babel dont les portes seraient tournées vers l'intérieur. Cette fois, ce fut elle qui guida Ismaël jusqu'au couloir ; arrivée là, elle se hâta de monter.

— Tu sais où tu vas ? demanda-t-il.

— Fais-moi confiance.

Ismaël courut derrière elle. Le sol s'élevait lentement sous ses pieds à mesure qu'ils progressaient dans le couloir. Un courant d'air froid lui caressa la nuque et il observa l'épaisse tache noire qui se répandait sur le sol derrière lui. L'ombre avait une texture quasi *solide*, et seul son contour se confondait avec l'obscurité. La tache spectrale se déplaçait comme une flaque d'huile, dense et brillante.

Au bout de quelques secondes, cet être de noirceur *liquide* s'étala sous ses pieds. Ismaël fut secoué par un spasme pareil à celui que l'on éprouve en traversant des eaux glacées.

— Vite ! s'écria-t-il.

L'origine du rayon lumineux sortait bien, comme ils l'avaient supposé, de la serrure d'une porte qui n'était qu'à une douzaine de mètres. Ismaël courut plus vite et parvint pendant quelques instants à dépasser le visage de l'ombre sous ses pieds. Les probabilités que cette porte ne soit pas fermée à clef lui paraissaient égales à zéro. L'atteindre ne lui servirait pas à grand-chose si elle ne conduisait nulle part.

Irène tâta la serrure dans la pénombre, à la recherche d'un ressort qui lui permettrait de l'ouvrir. Le garçon se retourna pour voir où se trouvait l'ombre, et ses yeux découvrirent la forme de jais qui se dressait derrière lui, une sculpture de gaz qui prenait lentement forme. Un visage de goudron se matérialisa. Un visage familier. Ismaël crut que ses yeux lui jouaient un tour et battit des paupières. Le visage était bien là. C'était le sien.

Son reflet obscur lui adressa un sourire maléfique et une langue de reptile jaillit de ses lèvres. Instinctivement, Ismaël sortit le couteau qu'il avait pris à l'automate du hall d'entrée et le brandit devant l'ombre. L'ombre souffla son haleine glacée sur l'arme. Un réseau de givre et d'aiguilles de glace monta de la pointe de la lame jusqu'au manche. Le métal gelé transmit à la paume d'Ismaël une forte sensation de brûlure. Le froid, un froid intense, aussi, si ce n'est plus, brûlant que le feu.

Ismaël fut sur le point de lâcher l'arme, mais il résista à la crampe musculaire qui lui garrottait l'avant-bras et tenta d'enfoncer le couteau dans le visage de l'ombre. La langue s'en détacha au contact de la lame et tomba sur un de ses pieds. Instantanément, la petite masse noire lui entoura la cheville et commença de monter lentement. Le contact visqueux et glacial de cette matière lui donna des nausées.

À ce moment, il entendit le déclic de la serrure qu'Irène était en train de forcer derrière lui, et un tunnel de lumière s'ouvrit aussitôt. Irène courut de l'autre côté de la porte et Ismaël la suivit en la refermant devant leur poursuivant. Le fragment détaché de l'ombre grimpa le long de sa cuisse et prit la forme d'une grosse araignée. Une onde de douleur se répandit dans sa jambe. Ismaël cria et Irène essaya de chasser ce monstrueux arachnide. L'araignée se retourna contre la jeune fille et sauta sur elle. Irène laissa échapper un hurlement de terreur.

— Enlève-la !

Ismaël, déconcerté, regarda autour de lui et découvrit la source de la lumière qui les avait guidés. Une file de bougies se perdait dans la pénombre en une procession fantomatique.

Le garçon s'empara d'une bougie et approcha la flamme de l'araignée qui cherchait la gorge d'Irène. Au simple contact du feu, la créature émit un sifflement de rage et de douleur, puis se décomposa en une pluie de gouttes noires qui tombèrent au sol. Ismaël lâcha la bougie et mit Irène hors de leur atteinte. Les gouttes glissèrent comme de la gélatine sur le sol et se rassemblèrent en un corps unique qui rampa jusqu'à la porte et, passant dessous, retourna de l'autre côté.

— Le feu. Le feu lui fait peur, dit Irène.

— Eh bien, on va lui en donner.

Ismaël reprit la bougie et la posa au bas de la

porte pendant qu'Irène inspectait la pièce où ils se trouvaient. Elle était dépourvue de meubles et couverte de décennies de poussière. Elle avait probablement servi autrefois de réserve à la bibliothèque. Cependant, un examen plus poussé révélait des formes au plafond. Des petites canalisations. Irène prit une bougie et, la levant au-dessus de sa tête, observa la salle. La flamme fit briller les carreaux de faïence et les mosaïques qui revêtaient les murs.

— Où diable sommes-nous ? demanda Ismaël.

— Je ne sais pas. On croirait… on croirait des douches…

La lueur de la bougie révéla les pommes métalliques, un réseau de centaines d'orifices en forme de cloches qui pendaient des canalisations. Ils étaient rouillés et pris dans un enchevêtrement de toiles d'araignées.

— En tout cas, ça fait des siècles que personne n'a…

Il n'avait pas terminé, qu'un gémissement métallique se fit entendre, le son parfaitement identifiable d'un robinet qui tournait. Tout près d'eux.

Irène dirigea la bougie vers les carreaux de faïence, et ils virent deux robinets d'arrêt tourner lentement.

Une profonde vibration parcourait les murs. Puis, après quelques secondes de silence, ils purent suivre la progression du bruit : quelque chose rampait dans les étroites canalisations, au-dessus de leurs têtes.

— Elle est là ! cria Irène.

Ismaël acquiesça, sans quitter des yeux les pommes de douche.

Il ne fallut que quelques secondes pour qu'une masse impénétrable commence à filtrer lentement par les orifices. Irène et Ismaël reculèrent prudemment, sans cesser de fixer l'ombre qui se formait peu à peu devant eux, comme les particules d'un sablier finissent par s'amasser en tombant.

Deux yeux se dessinèrent dans l'obscurité. Le visage de Lazarus leur sourit aimablement. Une vision rassurante, s'ils n'avaient pas déjà appris que la chose qui se tenait devant eux n'était pas Lazarus. Irène avança d'un pas.

— Où est ma mère ? demanda-t-elle d'un air de défi.

— Elle est avec moi.

— Éloigne-toi de lui ! cria Ismaël.

L'ombre cloua son regard sur lui et le garçon parut entrer en transe. Irène secoua son ami et voulut l'écarter, mais il restait fasciné par cette présence, incapable de réagir. Elle s'interposa et gifla Ismaël, ce qui le tira de son état. Le visage de l'ombre se décomposa en un masque de rage et deux longs bras se tendirent vers eux. Irène poussa Ismaël jusqu'au mur et tenta d'échapper aux griffes.

À ce moment, une porte s'ouvrit dans l'obscurité à l'autre bout de la pièce. Les contours d'un homme portant une lanterne à pétrole se découpèrent sur le seuil.

— Hors d'ici ! cria-t-il, ce qui permit à Irène de reconnaître sa voix : c'était Lazarus Jann, le fabricant de jouets.

L'ombre proféra un hurlement de haine et, une à une, les flammes des bougies s'éteignirent. Lazarus marcha sur elle. Son visage semblait plus âgé que celui de l'homme dont Irène se souvenait. Ses yeux injectés de sang accusaient une terrible fatigue, les yeux d'un homme dévoré par une cruelle maladie.

— Hors d'ici ! cria-t-il de nouveau.

L'ombre laissa entrevoir sa figure démoniaque et se transforma en un nuage de gaz qui s'infiltra entre les fentes du sol puis s'échappa par une fissure dans le mur. Un bruit pareil à celui du vent fouettant les fenêtres accompagna sa fuite.

Lazarus resta à observer la fissure pendant quelques secondes. Finalement, il tourna vers eux un regard pénétrant.

— Que faites-vous ici ? demanda-t-il, sans cacher sa colère.

— Je suis venue chercher ma mère et je ne repartirai pas sans elle, déclara Irène en soutenant ce regard intense sans ciller.

— Tu ne sais pas à qui tu as affaire..., dit Lazarus. Vite, par ici. Elle ne va pas tarder à revenir.

Il les fit passer de l'autre côté de la porte.

— Qu'est-ce que c'est ? Qu'est-ce que nous avons vu ? demanda Ismaël.

Lazarus les observa longuement.

— C'est moi. Ce que vous avez vu, c'est moi...

Il les conduisit à travers un labyrinthe de tunnels qui parcouraient les entrailles de Cravenmoore, sortes d'étroits boyaux parallèles aux galeries et aux couloirs. Le parcours était flanqué des deux côtés d'immenses portes qui formaient les doubles entrées de dizaines de chambres et de salles de la demeure. L'écho de leurs pas restait confiné dans cet espace restreint et leur donnait l'impression d'être suivis par une armée invisible.

La lanterne de Lazarus répandait un anneau de lumière ambrée sur les murs. Ismaël observa que son ombre et celle d'Irène les escortaient le long des parois. Lazarus, lui, ne projetait aucune ombre. Le fabricant de jouets s'arrêta devant une porte haute et étroite, et sortit une clef qu'il tourna dans la serrure. Il scruta l'extrémité du couloir par lequel ils étaient venus et leur fit signe d'entrer.

— Par ici, dit-il nerveusement. Elle ne reviendra pas, du moins pendant quelques minutes…

Ismaël et Irène échangèrent un coup d'œil soupçonneux.

— Vous devez me faire confiance : vous n'avez pas le choix, ajouta-t-il.

Le garçon soupira et entra. Irène et Lazarus le suivirent. La lumière de la lanterne révéla un mur couvert d'une foule de photographies et de coupures de presse. Au fond, on distinguait un petit lit et un secrétaire dénué de tout bibelot. Lazarus posa la lanterne par terre et observa les deux jeunes gens qui parcouraient des yeux ces morceaux de papiers collés au mur.

— Vous devez quitter Cravenmoore quand il en est encore temps.

Irène se retourna vers lui.

— Ce n'est pas vous qu'elle veut, ajouta le fabricant de jouets. C'est Simone.

— Pourquoi ? Qu'a-t-il l'intention de lui faire ?

— Il veut la détruire. Pour me punir. Et il fera la même chose de vous, si vous vous mettez sur son chemin.

— Que signifie tout ça ? Qu'est-ce que vous prétendez nous dire ? demanda Ismaël.

— Tout ce que j'avais à vous dire, je l'ai déjà dit. Vous devez sortir d'ici. Tôt ou tard elle reviendra, et cette fois je ne pourrai rien faire pour vous protéger.

— Mais qu'est-ce qui reviendra ?

— Tu l'as vu de tes propres yeux.

À ce moment, quelque part dans la maison, un tumulte lointain se fit entendre. Il se rapprochait. Irène avala sa salive et regarda Ismaël. Des pas. L'un après l'autre, ils résonnaient comme des détonations, toujours plus proches. Lazarus eut un faible sourire.

— Elle arrive, annonça-t-il. Le temps presse.

— Où est ma mère ? Où l'a-t-elle emmenée ?

— Je ne sais pas, mais même si je le savais, ça ne servirait à rien.

— Vous avez fabriqué cette machine en lui donnant son visage..., accusa Ismaël.

— J'ai cru que ça suffirait, mais elle voulait davantage. Elle la voulait, elle.

Les pas infernaux s'entendaient maintenant dans le couloir.

— De l'autre côté de cette porte, expliqua Lazarus, il y a une galerie qui conduit au grand escalier. S'il vous reste une once de sens commun, courez jusque-là et éloignez-vous de cette maison pour toujours.

— Nous n'irons nulle part, dit Ismaël. Pas sans Simone.

La porte par laquelle ils étaient entrés reçut une violente secousse. Un instant plus tard, une flaque noire s'infiltra par-dessous.

— Partons ! lança Ismaël.

L'ombre entoura la lanterne et en brisa le verre.

Une bouffée d'air glacé éteignit la flamme. De l'obscurité, Lazarus vit les deux jeunes gens s'échapper par l'autre porte. Près de lui se dressait une silhouette noire et insondable.

— Laisse-les en paix, murmura-t-il. Ce ne sont que des enfants. Laisse-les partir. Prends-moi une bonne fois pour toutes. Est-ce que ce n'est pas ce que tu cherches ?

L'ombre sourit.

La galerie où ils se trouvaient traversait l'axe central de Cravenmoore. Irène reconnut cette imbrication de couloirs et guida Ismaël jusqu'à la base de la coupole. Les nuages en transit étaient visibles à travers les verrières, immenses géants de coton noir qui sillonnaient le ciel. La lanterne, une sorte de bulbe qui couronnait le faîte de la coupole diffusait un halo hypnotique de reflets kaléidoscopiques.

— Par ici, indiqua Irène.

— Où ça, par ici ? demanda nerveusement Ismaël.

— Je crois que je sais où il la tient.

Ismaël jeta un coup d'œil derrière lui. Le couloir restait dans l'obscurité, sans signe apparent de mouvement, mais le garçon comprenait que l'ombre pouvait très bien avancer dans cette direction sans qu'ils s'en apercevoivent.

— J'espère que tu sais ce que tu fais, dit-il anxieux de s'éloigner de là le plus vite possible.

— Suis-moi.

Irène s'engagea dans l'une des ailes qui s'étendaient dans la pénombre. Ismaël la suivit. Lentement, la clarté tombant du haut de la coupole s'évanouit et les silhouettes des créatures mécaniques qui peuplaient les deux côtés de la galerie ne furent plus que des contours oscillants. Les voix, les rires et le martèlement des centaines de mécanismes recouvraient le bruit de leurs pas. Le garçon regarda de nouveau derrière lui, scrutant l'entrée du tunnel dans lequel ils s'aventuraient. Un courant d'air froid s'y engouffra. Examinant ce qui l'entourait, Irène reconnut les rideaux de gaze qui ondulaient devant elle et l'initiale brodée qui se berçait doucement :

*A*

— Je suis sûre qu'il la garde ici, dit-elle.

Au-delà des rideaux, la porte de bois sculptée était là, fermée, à l'extrémité du couloir.

Une nouvelle bouffée d'air froid les enveloppa, agitant les rideaux.

Ismaël s'arrêta et fouilla l'obscurité du regard. Tendu comme un câble d'acier, il essayait de distinguer quelque chose dans les ténèbres.

— Qu'est-ce qu'il y a ? s'inquiéta Irène en se rendant compte du trouble qui s'était emparé de lui.

Il desserra les lèvres pour répondre, mais il se retint. Elle observa le couloir derrière eux. Un simple point de lumière au bout du tunnel. Tout le reste était dans le noir.

— Elle est là, dit-il. Elle nous observe.

Irène se cramponna à lui.

— Tu ne le sens pas ?

— Ne demeurons pas ici, Ismaël.

Il fit un signe d'assentiment, mais son esprit était ailleurs. Irène le prit par la main et le conduisit à la porte de la chambre. Pendant le trajet, il ne quitta pas des yeux le corridor derrière eux. Quand, finalement, elle s'arrêta devant l'entrée, ils échangèrent un regard. Ismaël posa la main sur la poignée et la tourna lentement. La fermeture céda avec un faible claquement métallique et le seul poids du bois massif fit pivoter la porte vers l'intérieur.

Une brume ténue teintée d'un bleu évanescent voilait la chambre, à peine trouée par les éclats écarlates qui émanaient du feu.

Irène avança de quelques pas. Tout était comme dans son souvenir. Le grand portrait d'Alma Maltisse brillait au-dessus de la cheminée dont les reflets se répandaient dans l'atmosphère dense de la pièce, suggérant les contours des rideaux de soie transparente qui entouraient le lit à baldaquin. Ismaël ferma soigneusement la porte derrière eux avant de la suivre.

Le bras de son amie l'arrêta. Irène indiqua un fauteuil disposé devant le feu et leur tournant le dos. D'un de ses accoudoirs pendait une main pâle, tombant vers le sol comme une fleur fanée.

Près d'elle brillaient les morceaux d'un verre brisé, éparpillés sur une flaque de liquide, perles incandescentes sur un miroir. Irène sentit les battements de son cœur s'accélérer. Elle lâcha la main d'Ismaël et s'approcha pas à pas du fauteuil. La lueur dansante des flammes éclaira le visage endormi : Simone.

Irène s'agenouilla près de sa mère et lui saisit le poignet. Pendant quelques secondes, elle fut incapable de trouver le pouls.

— Mon Dieu…

Ismaël se précipita vers le secrétaire et prit un petit plateau en argent. Il courut jusqu'à Simone et le plaça devant son visage. Une faible buée s'étala sur la surface du plateau. Irène respira profondément.

— Elle vit, dit Ismaël, observant le visage inconscient de la femme et croyant y reconnaître une Irène mûre et sage.

— Il faut la sortir d'ici. Aide-moi.

Ils se placèrent chacun d'un côté de Simone et, l'entourant de leurs bras, tentèrent de la lever du fauteuil.

Ils l'avaient à peine soulevée de quelques centimètres, quand un chuchotement profond, terrifiant, résonna à l'intérieur de la chambre. Ils s'arrêtèrent et regardèrent autour d'eux. Le feu projetait de multiples visions fugaces de leurs ombres sur les murs.

— Ne perdons pas de temps, dit Irène.

Ismaël leva de nouveau Simone. Cette fois, le son retentit plus près et ses yeux en trouvèrent l'origine. La toile du portrait ! En un instant, elle se gondola pour devenir une grande tache d'obscurité liquide, puis celle-ci prit du volume et déploya deux longs bras terminés par des griffes aiguës comme des stylets.

Il tenta de reculer, mais l'ombre sauta du mur tel un félin, traversa l'obscurité et se posa derrière lui. Pendant une seconde, la seule chose qu'il put voir, ce fut sa propre ombre en train de l'observer. Puis, du contour de sa propre silhouette en émergea une autre. Elle grandit comme de la gélatine jusqu'à engloutir totalement l'ombre du garçon. Ismaël sentit le corps de Simone glisser d'entre ses bras. Une puissante serre, faite d'un fluide glacial, lui entoura le cou et le projeta contre le mur avec une force irrésistible.

— Ismaël ! cria Irène.

L'ombre se tourna vers elle. La jeune fille courut

vers l'autre extrémité de la chambre. Les ombres sous ses pieds se refermèrent sur elle, dessinant une fleur mortelle. Elle sentit le contact glacé, abominable, de l'ombre qui enveloppait son corps et paralysait ses muscles. Elle essaya inutilement de se débattre pendant qu'elle voyait, horrifiée, un manteau d'obscurité se détacher du plafond et prendre les traits familiers d'Hannah. La réplique spectrale lui lança un regard de haine et ses lèvres de vapeur laissèrent entrevoir de longues canines humides et luisantes.

— Tu n'es pas Hannah, dit Irène dans un filet de voix.

L'ombre la gifla, laissant une entaille sur sa joue. En un instant, les gouttes de sang qui coulaient de la blessure furent absorbées par l'ombre, comme aspirées par un puissant courant d'air. Irène fut secouée par une violente nausée. L'ombre s'approcha et menaça ses yeux de deux doigts longs et pointus comme des dagues.

Ismaël entendit la voix rauque et maléfique pendant qu'il se relevait, étourdi par le choc. L'ombre tenait Irène au milieu de la pièce, prête à l'anéantir. Il cria et se précipita contre la masse. Son corps la traversa. L'ombre se scinda en des milliers de minuscules gouttes qui tombèrent sur le sol en une pluie de charbon liquide. Ismaël saisit Irène et l'en écarta. Sur le dallage, les fragments se réunirent pour former un tourbillon qui secoua les meubles autour d'elle et les projeta vers les murs et les fenêtres, transformés en projectiles mortels.

Ismaël et Irène se jetèrent au sol. Le secrétaire pulvérisa une vitre. Ismaël roula sur Irène pour la protéger. Lorsqu'il releva les yeux, le tourbillon de noirceur s'était solidifié. Deux grandes ailes noires s'étendirent et l'ombre se dressa, plus grande que jamais. Elle leva une de ses serres et présenta sa paume ouverte. Deux yeux et des lèvres se déployèrent au-dessus d'elle.

Ismaël sortit de nouveau son couteau et le brandit, couvrant Irène de son corps. L'ombre marcha sur eux. Sa serre saisit la lame du couteau. Ismaël sentit le courant glacé monter dans ses doigts et sa main, paralysant le bras.

L'arme tomba sur le sol et l'ombre enveloppa le garçon. Irène tenta en vain de le retenir. L'ombre entraînait Ismaël vers le feu.

À ce moment, la porte de la pièce s'ouvrit et la silhouette de Lazarus apparut dans l'encadrement.

La lumière spectrale qui sortait du bois se reflétait sur le pare-brise de la voiture de la gendarmerie qui roulait en tête. Derrière, le véhicule du docteur Giraud et une ambulance demandée à l'hôpital de la ville voisine suivaient à toute vitesse la route de la plage de l'Anglais.

Dorian, assis à côté de l'adjudant-chef Henri Faure, fut le premier à apercevoir le halo doré qui filtrait à travers les arbres. Les contours de Cravenmoore se dessinèrent derrière le bois, gigantesque manège fantomatique dans le brouillard.

L'adjudant-chef fronça les sourcils et observa ce spectacle qui dépassait tout ce qu'il avait pu contempler en cinquante-deux ans de vie à la Plage bleue.

— Plus vite, insista Dorian.

L'adjudant-chef accéléra tout en se demandant ce

qu'il y avait de vrai dans cette histoire de prétendu accident.

— Est-ce qu'il y a quelque chose que tu ne nous as pas dit ?

Dorian ne répondit pas et se borna à regarder devant lui.

L'adjudant-chef appuya un peu plus sur la pédale d'accélérateur.

L'ombre se retourna et, voyant Lazarus, laissa choir Ismaël comme un poids mort. Le garçon alla brutalement cogner contre le dallage et poussa un cri de douleur étouffé. Irène courut à son secours.

— Sors-le d'ici, dit Lazarus en avançant lentement vers l'ombre qui reculait.

Ismaël sentit un élancement dans l'épaule et gémit.

— Ça va ? demanda la jeune fille.

Il balbutia quelques mots incompréhensibles, mais il se releva et fit signe que oui. Lazarus leur adressa un regard impénétrable.

— Emmène-la et sortez d'ici, répéta-t-il.

L'ombre sifflait devant lui comme un serpent à l'affût. Soudain, elle sauta vers le mur, et le portrait l'avala de nouveau.

— Je vous ai dit de partir ! cria Lazarus.

Ismaël et Irènc saisirent Simone et la traînèrent vers la porte. Juste avant de sortir, Irène se tourna pour observer Lazarus. Elle vit le fabricant de jouets s'approcher du lit protégé par les voiles et écarter ceux-ci avec une tendresse infinie. La forme de la femme se profila derrière les rideaux.

— Attends, murmura Irène, le cœur serré.

C'était sûrement Alma. Un frisson lui parcourut le corps en apercevant des larmes sur le visage de Lazarus. Le fabricant de jouets embrassa doucement Alma, comme Irène n'avait jamais vu une personne en embrasser une autre. Chaque geste, chaque mouvement de Lazarus dénotaient un amour et une délicatesse que seule pouvait produire une vie entière d'adoration. Les bras d'Alma l'entourèrent à leur tour et, pendant un instant magique, tous deux restèrent unis dans la pénombre, loin, très loin de ce monde. Sans savoir pourquoi, Irène eut envie de pleurer, mais une nouvelle vision, terrible et menaçante, s'interposa.

La tache était descendue du tableau et glissait, sinueuse, vers le lit. Une onde de panique envahit la jeune fille.

— Lazarus, attention !

Le fabricant de jouets se retourna et contempla l'ombre qui se dressait maintenant devant lui en rugissant de rage. Il défia cet être infernal pendant une seconde, sans trahir la moindre peur. Puis, il les regarda tous les deux ; ses yeux leur envoyaient un message qu'ils ne parvenaient pas à comprendre. Soudain, Irène prit conscience de ce qu'il s'apprêtait à faire.

— Non ! cria-t-elle en sentant qu'Ismaël la retenait.

Le fabricant de jouets marcha vers l'ombre.

— Cette fois, tu ne la prendras pas…

L'ombre leva une serre, prête à attaquer son maître. Lazarus glissa la main dans sa veste et en tira un objet brillant. Un revolver.

Le rire de l'ombre se répercuta dans la pièce comme le hurlement d'une hyène.

Lazarus appuya sur la détente. Ismaël le regarda

sans comprendre. Alors le fabricant esquissa un faible sourire et le revolver lui tomba des mains. Une tache obscure s'élargissait sur sa poitrine.

L'ombre laissa échapper un cri qui ébranla toute la demeure. Un hurlement de terreur.

— Oh, mon Dieu !... gémit Irène.

Ismaël se précipita pour le secourir, mais Lazarus leva une main pour l'arrêter.

— Non. Laissez-moi seul avec elle. Et sortez d'ici..., murmura-t-il, tandis qu'un filet de sang coulait de la commissure de ses lèvres.

Ismaël le soutint et l'entraîna vers le lit. Ce faisant, la vision d'un visage pâle et triste le frappa comme un coup de poignard. Il contempla Alma Maltisse face à face. Ses yeux pleins de larmes, perdus dans un sommeil dont elle ne se réveillerait jamais, le dévisageaient sans le voir.

Durant toutes ces années, Lazarus avait vécu avec une mécanique afin de maintenir la mémoire de sa femme, cette mémoire que l'ombre lui avait arrachée.

Ismaël, paralysé, réussit à faire quelques pas en arrière. Lazarus lui adressa un geste suppliant.

— Laissez-moi seul avec elle..., je vous en supplie.

— Mais... ce n'est que..., commença Ismaël.

— Elle est tout ce que j'ai...

Le garçon comprit alors pourquoi le corps de cette femme noyée devant l'îlot du phare n'avait jamais été retrouvé. Lazarus l'avait sorti des eaux et rendu à la vie, une vie artificielle, mécanique. Incapable d'affronter la solitude et la perte de son épouse, il avait créé un fantôme à partir de son corps, un triste reflet avec lequel il avait vécu vingt ans. Et devant ce visage à l'agonie, Ismaël comprit que, dans le fond de son cœur, d'une manière qu'il ne pouvait pas comprendre, Alexandra Alma Maltisse était toujours vivante.

Le fabricant de jouets lui adressa un dernier regard plein de douleur. Le garçon acquiesça lentement et retourna auprès d'Irène. Elle remarqua la blancheur de son visage, comme s'il avait vu sa propre mort.

— Qu'est-ce que…

— Partons d'ici. Vite ! la pressa-t-il.

— Mais…

— J'ai dit : Partons !

Ils traînèrent Simone jusque dans le couloir. La porte claqua violemment derrière eux, enfermant Lazarus dans la chambre. Ils coururent aussi vite qu'ils le purent le long du couloir vers le grand escalier, en essayant d'ignorer les hurlements inhumains qui retentissaient de l'autre côté de la porte. C'était la voix de l'ombre.

Lazarus Jann se releva du lit en titubant et fit face à l'ombre. Le spectre lui lança un regard désespéré. Le minuscule trou que la balle avait percé s'agrandissait, et il dévorait l'ombre de seconde en seconde. Celle-ci bondit de nouveau pour se réfugier dans le tableau, mais cette fois Lazarus s'empara d'un tison enflammé et l'approcha du portrait.

Le feu se répandit comme des ondes sur un étang. L'ombre hurla et, là-bas, dans les ténèbres de la bibliothèque, les pages du livre noir se mirent à saigner, puis s'enflammèrent à leur tour.

Lazarus se traîna pour regagner le lit, mais l'ombre, gonflée de rage et en proie aux flammes, se lança derrière lui en semant une traînée de feu sur son passage.

Les rideaux du baldaquin s'enflammèrent et les langues ardentes se répandirent au plafond et au sol, consumant furieusement tout ce qu'elles rencontraient. En à peine quelques secondes, un enfer asphyxiant se déchaîna dans toute la pièce.

Les flammes atteignirent les fenêtres et firent voler en éclats les quelques vitres encore intactes, aspirant l'air nocturne avec une force insatiable. La porte de la chambre tomba en brûlant dans le couloir et, lentement mais inexorablement, le feu, telle une épidémie, gagna toute la demeure.

Se frayant un chemin dans l'incendie, Lazarus sortit le flacon de cristal qui avait hébergé l'ombre durant des années et l'éleva entre ses mains. Avec un cri de désespoir, l'ombre s'y précipita. Les parois du cristal se fendillèrent, formant une toile de veinures. Lazarus reboucha le flacon et, après l'avoir contemplé une dernière fois, le lança dans le feu. Le flacon éclata en mille morceaux ; comme le souffle moribond d'une malédiction, l'ombre s'éteignit pour toujours. Et avec elle le marchand de jouets, qui sentit la vie s'échapper lentement par la blessure fatale.

Quand Irène et Ismaël émergèrent par la grande porte en portant dans leurs bras Simone inconsciente, les flammes apparaissaient déjà aux fenêtres du troisième étage. En quelques secondes à peine, les verrières explosèrent l'une après l'autre, dispersant sur le jardin une tempête d'éclats de verre incandescents. Ils coururent jusqu'à la lisière du bois et ce ne fut qu'une fois à l'abri des arbres qu'ils s'arrêtèrent pour regarder derrière eux.

Cravenmoore brûlait.

13

# Les lumières de septembre

Une à une, au cours de cette nuit de 1937, les créatures merveilleuses qui avaient peuplé l'univers de Lazarus furent réduites en cendres par les flammes. Les aiguilles des horloges parlantes se tordirent en filaments de plomb fondu. Danseuses et orchestres, magiciens, sorcières et joueurs d'échecs, prodiges qui ne verraient plus jamais naître un nouveau matin... tous furent impitoyablement anéantis. Étage après étage, l'esprit de la destruction effaça pour toujours tout ce que contenait ce lieu magique et terrible.

Des décennies d'imagination s'évaporèrent, ne laissant qu'une traînée de cendres. Quelque part dans cet enfer, sans autres témoins que les flammes, les photographies et les articles que collectionnait Lazarus Jann furent consumés, et tandis que les voitures de la police arrivaient au pied de ce bûcher fantasmagorique qui fit se lever le jour à minuit, les yeux de l'enfant tourmenté se fermèrent définitivement dans une chambre où il n'y avait jamais eu de jouets et où il n'y en aurait jamais.

Tout le reste de sa vie, Ismaël serait incapable

d'oublier ces ultimes moments de Lazarus et de sa compagne. La dernière image qu'il en gardait était celle de Lazarus posant un baiser sur son front. Il se jura de garder le secret du fabricant de jouets jusqu'à la fin de ses jours.

Les premières lueurs de l'aube devaient révéler un nuage de cendres survolant la baie empourprée en direction de l'horizon. Lentement, pendant que le jour dispersait les brumes sur la plage de l'Anglais, les ruines de Cravenmoore apparurent au-dessus de la cime des arbres. La colonne de spirales évanescentes de fumée mourante montait vers le ciel, dessinant des chemins de velours noir sur les nuages, à peine coupés par les bandes d'oiseaux qui volaient vers l'ouest.

Le rideau de la nuit hésitait à se lever, et la brume cuivrée qui masquait au loin l'îlot du phare se décomposa pour former un mirage d'ailes blanches prenant leur vol dans la brise matinale.

Assis sur le tapis de sable blanc, à mi-chemin de nulle part, Irène et Ismaël assistaient aux dernières minutes de cette longue nuit de l'été 1937. En silence, ils joignirent leurs mains et laissèrent les premiers rayons rosés du soleil qui perçaient les nuages tracer au large un sentier de perles brillantes. Le phare se dressa dans la brume, obscur et solitaire. Un faible sourire affleura sur les lèvres d'Irène quand elle comprit que les lumières que les habitants de la côte avaient vues briller dans le brouillard étaient désormais éteintes à jamais. Les lumières de septembre s'en étaient allées avec l'aube.

Rien désormais, pas même le souvenir des événements de cet été, ne pourrait plus retenir, suspendue dans le temps, l'âme perdue d'Alma Maltisse. Tout en laissant ses pensées flotter dans la brise marine, elle regarda Ismaël. Un début de larme apparut dans ses yeux, mais elle sut qu'il ne la verserait jamais.

— Retournons à la maison, dit-il.

Irène acquiesça et, ensemble, ils marchèrent le long du rivage jusqu'à la Maison du Cap. Tandis qu'ils avançaient, une seule pensée vint à l'esprit de la jeune fille. Dans un monde de lumières et d'ombres, chacun de nous devait trouver son propre chemin.

Plus tard, quand Simone leur révéla les paroles que l'ombre lui avait adressées, la véritable histoire de Lazarus Jann et d'Alma Maltisse, toutes les pièces du puzzle commencèrent à s'assembler dans leurs esprits. Mais faire enfin la lumière sur ce qui s'était réellement passé ne changeait rien aux événements. La malédiction avait poursuivi Lazarus Jann depuis son enfance tragique jusqu'à sa mort. Une mort dont lui-même, au dernier moment, avait compris qu'elle était la seule issue. Il ne lui restait plus alors qu'à faire le dernier voyage pour rejoindre Alma, hors d'atteinte de son ombre et du maléfice de cet empereur inconnu des ombres qui se cachait derrière le nom de Daniel Hoffmann. Même lui, avec tout son pouvoir et tous ses mensonges, ne pourrait jamais détruire le lien qui unissait Lazarus et Alma au-delà de la vie et de la mort.

## Paris, le 26 mai 1947

*Cher Ismaël,*

*Beaucoup de temps s'est écoulé depuis la dernière fois que je t'ai écrit. Beaucoup trop. Et puis, voici à peine une semaine, le miracle s'est produit. Toutes les lettres que, pendant ces années, tu m'as envoyées à mon ancienne adresse me sont arrivées grâce à la gentillesse d'une voisine, une pauvre vieille de presque quatre-vingt-dix ans qui les avait gardées tout ce temps en espérant que quelqu'un viendrait un jour les réclamer.*

*J'ai passé ces derniers jours à les lire et à les relire inlassablement. Je les garde comme le plus précieux de mes trésors. Il m'est difficile d'expliquer les raisons de mon silence, de cette longue absence. Particulièrement à toi, Ismaël. Particulièrement à toi.*

*Les deux adolescents sur la plage, en ce matin où l'ombre de Lazarus Jann s'est éteinte pour toujours, pouvaient-ils imaginer qu'une ombre bien plus terrible allait s'abattre sur le monde ? L'ombre de la haine. Je suppose que nous avons tous pensé à ce qui avait été dit de Daniel Hoffmann et de son « travail » à Berlin.*

*Lorsque j'ai perdu le contact avec toi pendant ces terribles années de guerre, je t'ai écrit des centaines de lettres qui ne sont jamais arrivées. Je me demande encore où elles sont, où sont allés s'échouer tous ces mots, toutes ces choses que je voulais te dire. Je veux que tu saches que, durant ces horribles temps d'obscurité, ton souvenir, la mémoire de cet été à La Baie bleue, a été la flamme qui m'a permis de rester vivante, la force qui, chaque jour, m'aidait à survivre.*

*Sache que Dorian est passé en Afrique du Nord, où il s'est engagé, et qu'il est revenu deux ans plus tard avec un tas d'absurdes médailles en fer-blanc et une blessure qui le fera boiter jusqu'à la fin de ses jours. Il est de ceux qui ont eu de la chance. Il est revenu. Tu seras content d'apprendre que, finalement, il a trouvé du travail à l'office cartographique de la marine marchande et que, dans les moments où son amie Michelle (tu devrais la voir...) le laisse libre, il parcourt le monde avec les pointes de son compas.*

*De Simone, que te dire ? J'envie sa force et cette énergie qui nous a si souvent permis de tenir le coup. Les années de guerre ont été dures pour elle, peut-être encore plus que pour nous. Elle n'en parle jamais, mais parfois, quand je la vois à la fenêtre regarder silencieusement les passants dans la rue, je me demande ce qui occupe ses pensées. Elle ne veut plus sortir et reste des heures en compagnie d'un livre. C'est comme si elle avait passé un pont pour atteindre une rive sur laquelle je ne sais comment la rejoindre... Parfois aussi, je la surprends à pleurer en silence en contemplant de vieilles photos de papa.*

*Quant à moi, je vais bien. Il y a un mois, j'ai quitté l'hôpital Saint-Bernard où j'ai travaillé toutes ces années. Il va être démoli. J'espère qu'avec le vieux bâtiment s'en iront aussi tous les souvenirs des souffrances et de l'horreur auxquelles j'ai assisté pendant les jours de la guerre.*

*Je crois que, moi non plus, je ne suis plus la même, Ismaël. Quelque chose a profondément changé en moi.*

*J'ai vu beaucoup de choses dont je ne croyais pas qu'elles pouvaient exister... Il y a des ombres dans le monde, Ismaël. Des ombres bien pires que tout ce contre quoi nous avons lutté, toi et moi, au cours de cette nuit à Cravenmoore. Des ombres auprès desquelles un Daniel Hoffmann est tout juste un jeu d'enfant. Des ombres qui viennent de l'intérieur de chacun d'entre nous.*

*Parfois, je suis contente que papa ne soit plus là pour les voir. Mais tu vas penser que je suis devenue nostalgique. Pas du tout. Dès que j'ai lu ta dernière lettre, mon cœur a bondi dans ma poitrine. C'était comme si le soleil était de retour après dix années de jours noirs et pluvieux. J'ai parcouru de nouveau la plage de l'Anglais, l'île du phare, j'ai traversé la baie à bord du* Kyaneos. *Je me souviendrai toujours de ces journées comme des plus merveilleuses de ma vie.*

*Je vais te confier un secret. Bien des fois, au cours des longues nuits d'hiver de la guerre, tandis que les détonations et les cris résonnaient dans l'obscurité, j'ai laissé mes pensées m'emporter de nouveau là-bas, près de toi, vers ce jour que nous avons passé ensemble sur l'îlot du phare. Je voudrais que nous n'en soyons jamais repartis. Je voudrais que ce jour ne se soit jamais terminé.*

*Je suppose que tu te demandes si je me suis mariée. La réponse est non. Ne va pas imaginer que j'ai manqué de soupirants. Encore aujourd'hui, je reste une jeune femme séduisante. J'ai eu quelques liaisons sans lendemain. Les jours de guerre étaient trop durs pour les passer dans la solitude, et je ne suis pas aussi forte que Simone. Mais rien de plus. J'ai appris que la solitude est parfois un chemin qui mène à la paix. Et durant des mois, je n'ai désiré que ça : la paix.*

*Et c'est tout. Ou rien. Comment t'expliquer tous mes sentiments, tous mes souvenirs durant ces années ? Je préférerais les rayer d'un trait de plume. Je voudrais que mon dernier souvenir soit celui de ce lever de soleil sur la plage. Je voudrais découvrir que tout le temps écoulé depuis n'a été qu'un long cauchemar. Je voudrais être de nouveau une fille de quinze ans et ne pas comprendre le monde qui m'entoure. Mais ce n'est pas possible.*

*Je ne veux pas poursuivre cette lettre. Je veux que, la prochaine fois que nous nous parlerons, nous soyons l'un en face de l'autre.*

*Dans une semaine, Simone ira passer quelques mois chez sa sœur à Aix-en-Provence. Le jour même de son départ, je retournerai à la gare Saint-Lazare pour prendre le train de Normandie, comme il y a dix ans. Je sais que tu m'attendras et que je te reconnaîtrai sur le quai, comme je te reconnaîtrais même si mille ans s'étaient écoulés. Je le sais depuis toujours.*

*Il y a une éternité, dans les pires jours de la guerre, j'ai fait un rêve. Je marchais avec toi sur la plage de l'Anglais. Le soleil se couchait et l'on distinguait l'îlot du phare dans la brume. Tout était comme avant : la Maison du Cap, la baie... y compris les ruines de Cravenmoore au-dessus des arbres. Tout, sauf nous. Nous étions deux petits vieux. Tu ne pouvais plus naviguer et moi j'avais les cheveux si blancs qu'on aurait dit de la cendre. Mais nous étions ensemble.*

*Depuis cette nuit-là, j'ai su qu'un jour, peu importait quand, notre heure viendrait. Que, quelque part au loin, les lumières de septembre brilleraient pour nous et que, cette fois, il n'y aurait plus d'ombres sur notre chemin.*

*Cette fois, ce serait pour toujours.*

# Tables des matières

Ouvrage composé par
PCA 44400 Rezé

Achevé d'imprimer en Allemagne
par GGP Media GmbH
á Pößneck
en août 2015

POCKET – 12, avenue d'Italie – 75627 Paris cedex 13

Dépôt légal : septembre 2015
S21257/01